❧ 名家导赏版 ☙

契诃夫戏剧全集

天鹅之歌

—— ·❧· ——

8

Лебединая песня
Антон Павлович Чехов

安东·巴甫洛维奇·契诃夫　著

李健吾　译

上海译文出版社

目 录

导读
彭涛　不简单的"小形式" I

《契诃夫独幕剧集》初版序 / 李健吾 I

大路上 1
论烟草有害（一九〇二年版） 35
天鹅之歌 43
熊 57
求婚 79
塔杰雅娜·雷宾娜 101
一位做不了主的悲剧人物 125
结婚 135
周年纪念 157

契诃夫自传 179

附录
论烟草有害（一八八六年版）/ 童道明　译 181
《论烟草有害》的两个版本 / 童道明 191

* 导 读 *

不简单的"小形式"

彭 涛

在契诃夫的文学遗产中,独幕剧创作占有特别的位置。

契诃夫自青少年时代就热爱戏剧。十三岁时,他第一次到剧院看了一出轻歌剧,从此戏剧就成为他终生的爱好。果戈理、奥斯特洛夫斯基、莎士比亚是他所喜爱的剧作家。少年契诃夫亲自参加演出的第一个剧本就是果戈理的《钦差大臣》。早在塔甘罗格上中学时,契诃夫就创作过一个通俗喜剧《母鸡叫是有原因的》。除此之外,他还为中学的业余剧团创作过一些活报剧。可惜,这些作品都没有流传下来。

契诃夫的独幕剧大多是通俗喜剧。

契诃夫一直对通俗喜剧这样的"小形式"情有独钟。他的朋友伊凡·谢格洛夫曾经回忆说:"总的来看,应当说,契诃夫对使人开心、机智俏皮的通俗喜剧很是偏爱,他在剧院里特别爱看通俗喜剧。他不止一次对我和其他人说:'要写一部好的轻松喜剧是一件极难的事。'"

契诃夫后来还劝谢格洛夫:"朋友,请不要放弃通俗喜剧……请相信,这是最崇高的戏剧类型,不是任何人都能写得好的!"

当时,有地位的文学家一般不太看得上通俗喜剧这种"小形式",契诃夫却独具慧眼,认为这是"最崇高的戏剧类型"。通俗喜剧(Vaudeville)是从法国乡下兴起的一种融合了歌曲、舞蹈、对话等多种元素的喜剧类型,在十八世纪末十九世纪初由法国传入俄国。一八四〇年代,实事性、议论性的元素开始渗入通俗喜剧。到了一八六〇年代,通俗喜剧逐渐衰落,但仍然在俄罗斯剧院的剧目中保留了相当长的一段时间,契诃夫创作的《论烟草有害》《熊》《求婚》《结婚》《周年纪念》等成为十九世纪末俄罗斯通俗喜剧的辉煌之作。

契诃夫最初走上文学之路,是从为报纸杂志写幽默故事开始的。契诃夫本人认为,他的文学活动开始于一八七九年十二月二十四日,这一天他向《蜻蜓》杂志投寄了短篇小说《写给有学问的邻居的信》。从那时起,《蜻蜓》《闹钟》《观众》《光明与阴影》《读者指南》《世俗谈》等幽默杂志上开始出现一个新的名字:安东沙·契洪特。这是契诃夫早期使用得最多的一个笔名。契诃夫早期大量的幽默短篇小说一方面显示出作家直接明快的幽默气质,另一方面往往充满对话性和动作性,稍作修改,就是一部现成的喜剧。比如,一八八〇年的幽默小说《同时追两兔,到头一场空》就是一个绝妙的喜剧故事:阔绰的谢尔科洛包大少校想要教训背后说他坏话的妻子，假意约妻子去湖上划船。船划到湖中央，少校拿出鞭子，打算揍老婆一顿，没想到一番撕扯，船翻了，两个人都掉进水里。岸上，少校旧日的管家见状赶紧跳到湖中救人。可是先救哪一个呢？少校让管家先救自己，许诺活下来娶管家的妹妹为妻；太太则求管家救她，许诺上了岸就嫁给管家。贪心的管家心想：少校太太做我的妻子，少校做我妹夫，这可是一桩美事！于是，管家拼尽全力把夫妇俩同时救上岸来。没想到，上岸之后，少校夫妇和好如初。第二天，少校就暗中使坏，把管家从乡公所赶走了。这篇短小的幽默故事充满喜剧性的情节转折：旧日的管家救了主人，却被主人抛弃，竹篮打水一场空。在契诃夫著名的通俗喜剧《熊》《求婚》等作品中，就延续了相近的情节模式。事实上，契诃夫的一些独幕剧正是改编自他的这些短篇故事。例如，《天鹅之歌》改编自他的小说《卡尔哈斯》；《大路上》改编自小说《秋天》；《一位做不了主的悲剧人物》改编自小说《像这样的，大有人在》；《结婚》改编自小说《有利可图的婚礼》《有将军参加的婚礼》以及《结婚季节》；《周年纪念》改编自小说《无依无靠的人》。

《熊》和《求婚》是契诃夫最著名的通俗喜剧。这两个戏情节喜剧性上的共同之处，在于人物的行动突然转向相反的方向。《熊》中，地主史米尔诺夫本是来向女地主波波娃要债，看似敌对关系，两个人甚至发展到要决斗的地步，结果一瞬间史米尔诺夫突然爱上了波波娃，两个人拥吻在一起；《求婚》中，地主劳莫夫本是来向邻居地主的女儿娜塔里雅求婚的,结果却为了一块草地的归属问题与女方吵得不可开交,完全忘了自己来这里的目的。这两部剧很出名,在中国也多次被搬上舞台。不过在我看来,更有趣的是《周年纪念》。这是一部颇有荒诞色彩的通俗喜剧。该剧的主人公希临是一个有"厌女症"的小职员,银行董事长吩咐他炮制一份虚假的报告,以便在银行周年纪念会开幕时糊弄那些银行董事。可是,在此过程中,他不断地被各种人打扰,尤其是女人。先是银行董事长的太太,然后是一个名叫麦耳丘特金娜的胡搅蛮缠的女人。最后,小职员希临不胜其烦,冲着麦耳丘特金娜大喊大叫,甚至连董事长的太太一同骂了。更为荒诞的是,惯于弄虚作假的银行董事长,为了打发麦耳丘特金娜赶紧离开,给了她二十五卢布——这个胡搅蛮缠的女人居然从坏透了的银行董事长手里要到了钱!契诃夫巧妙地将"性格喜剧"与"讽刺喜剧"的技巧融为一体,令读者和观众忍俊不禁。在几部通俗喜剧中,契诃夫继承了果戈理、萨尔蒂科夫-谢德林以及亚·奥斯特洛夫斯基的喜剧传统,其中的喜剧性人物往往是俄国社会生活中庸俗、粗鲁的地主,商人和市民阶级。虽然契诃夫的这类作品并不试图表达严肃的宏大主题,但是在轻松幽默的笑声中,仍然可以看到作者对于现实生活的批判性立场。

在契诃夫的独幕剧中,有几部剧除了单纯的喜剧性,还有着正剧或悲剧的底色,比如《大路上》《结婚》《天鹅之歌》等。

《大路上》体量上只是一个独幕剧，其内容的深刻性与形式的完美却是罕见的，可惜一直没有得到学者与导演的重视。翻看一下人物表，便会发现剧中有名有姓的人物就有九个，另外还有邮差、车夫、香客、赶牲口的人、过路人等过场角色。从出场人物的规模就可以知道，这绝不是普通独幕剧的设置。从形式上看，这个剧甚至算得上是高尔基《在底层》和老舍先生《茶馆》的前身。顾仲彝教授把这种结构称为"人像展览式"结构：其戏剧场景往往设置在一个公共空间内——某家客栈酒店，或是一个老字号茶馆；出场人物繁多，大多来自底层平民阶级，整出戏仿佛一幅风俗画卷，描绘出时代背景下的百态人生。这种戏剧结构往往在叙事主线的情节发展过程中编织进诸多支线人物，能够展现较为广阔的社会人群，勾勒出色彩斑斓的社会画卷。《大路上》讲述了地主包尔曹夫被新婚妻子抛弃后，逐渐沦落为流浪酒鬼，又与抛弃他的妻子重逢的故事。在这部形式极为特殊的独幕剧中，契诃夫已经建立起了那种以"情绪潜流"为主要特征的复调戏剧美学：开场是一个深秋的夜晚，肮脏破乱的小酒馆里挤满了人。他们有的是朝圣者，有的是过路人，因为地方不够，很多人挤在一起坐着睡觉。酒馆里又冷又脏，空气污浊，外面则风雨交加。这时，酒鬼包尔曹夫晃晃悠悠地挤到柜台前，向酒馆老板讨一杯酒喝。契诃夫在戏的一开场就营造出一种阴郁的美学气氛。这样一种对戏剧情绪、氛围的营造，在契诃夫的多幕剧中成为主要的美学手段。

《天鹅之歌》是一部杰作。剧名"天鹅之歌"的寓意可以追溯到古希腊神话中关于天鹅的传说，在文学作品中则用来象征诗人或艺术家生命的结束，带有悲壮、哀婉的色彩。该剧讲述了外省剧院六十八岁的丑角演员史威特洛维多夫在纪念演出后，喝醉了酒，被众人遗忘在剧院化妆间，醒来后发现黑漆漆的剧场里空无一人，只有无家可归的提词员与他相伴。主人公是一个被生活抛弃的失意者，回顾自己的一生，内心充满孤独，唯一能够理解和陪伴他的，就是那个没多少文化的提词员尼基塔·伊万尼奇。在这个篇幅不长的小戏中，蕴含着天才的主题、孤独的主题以及死亡的主题，这些主题在后来的《海鸥》《三姊妹》《樱桃园》等剧中更为深刻地延续着。

契诃夫的独幕剧与多幕剧之间有着密切的内在关系，二者共同构成一个完整的戏剧艺术世界：在这不起眼的"小形式"中，契诃夫看待生活的深邃目光与幽默的笑声融合在一起，忧郁的气质与乐观豁达的精神相伴相随，"情绪的潜流"与情节的发展有机结合。可以毫不夸张地说，契诃夫的独幕剧是解读他的多幕剧的一把钥匙。

《契诃夫独幕剧集》初版序

李健吾

这里是九出独幕剧,契诃夫的独幕剧全部包括在内。每出都是一个小小杰作,正如他的短篇小说在世界文学之中称雄一般。我们现在依照写作次序,稍稍加以注释:

(一)《大路上》 这是根据他的小说《秋天》改编的。小说是一八八三年在《闹钟》第五十五期发表。剧本在一八八五年初秋送给官方审查,用了一个笔名契孔特(Chekonte),从此石沉大海,失去音信,直到剧作者逝世若干年后,才又从检查机关找了出来。审查的案语是:"一出阴沉的肮脏的戏——不得通过。"

(二)《论烟草有害》 初稿在一八八六年二月写成,当即发表于《彼得堡日报》,其后在一九〇二年九月,契氏重写一过,增厚心理成分,滑稽而有悲感。

(三)《天鹅之歌》 这是根据他的小说 Kalkhas 改编的,所以最早就用 Kalkhas 作为标题。一八八七年写好,次年二月十九日上演于莫斯科 Korsha 剧院,同年十一月稍加修改,题作"天鹅之歌",副题仍是 Kalkhas,一八八九年在《演剧季丛刊》第一辑和《艺术家》发表。一八九〇年一月十九日上演于彼得堡 Alexandrinsky 剧院。

（四）《熊》 一八八八年八月写成，同年十月二十八日上演于 Korsha 剧院，先后在《新时代日报》、《艺术家》与《闹钟》等刊物上发表。

（五）《求婚》 一八八八年十一月写成，先后在《新时代日报》和《艺术家》发表。

（六）《塔杰雅娜·雷宾娜》 一八八九年用一天工夫写成，献给友人苏渥乐（Souvorin）。这原是苏氏的同名长剧，当时正在莫斯科上演，契氏写信向他讨一本法文字典，说有一件礼物交换。苏氏不久收到这出独幕剧，印了两册，一册留给自己，一册送给契氏做纪念。苏氏的故事是：一位女演员（塔杰雅娜·雷宾娜）爱上了一位风流少年（莎毕宁），他骗到她的爱情，另外爱上了一位薇娜·奥林兰娜夫人。听到不幸的消息，雷宾娜服毒自尽了。他的剧中人物大都又在契氏的独幕剧出现。

（七）《一位做不了主的悲剧人物》 一八八九年五月写成，从他的一八八七年的小说《许多人中间的一个》改编过来的。

（八）《结婚》 一八八九年十一月写成，根据他的一八八七年的小说《和将军结婚》和其他小说的材料改编的。

（九）《周年纪念》 这是根据他的一八八七年的小说《一个毫无保护的生物》改编的，在一八九一年十二月写成。

关于来源事实和年月，这里根据的是 Balukhaty 和

Petrov 的《契诃夫戏剧》（*Chekhov's Dramaturgy*），一九三五年出版，后面附有 Muratov 编的契氏年表，感谢戈宝权先生，为我译出使用。

我们可以把这九出独幕剧分成两类，一类属于悲剧型，例如《大路上》《天鹅之歌》和《塔杰雅娜·雷宾娜》；一类属于"渥德维勒"型，其他都是。所谓"渥德维勒"（Vaudevile），原是一种乡下小东西，歌唱多于对话，在法国很是流行。到了十八世纪，走歌剧那条路的叫做"歌喜剧"（opéra-comique），走对话这条路的仍然叫做"渥德维勒"——"渥"是山谷的意思，"德"是属于的意思，"维勒"是维耳（Vire）一个小地名的变音，其实就是"维耳山谷"罢了。品格不高，算不了什么正经之作，从民众来，因而也就最是接近民众。契氏从小就爱好这类胡闹的小喜剧，好像一张一张的浮世绘，没有任何抱负，谦虚坦诚，让观众为自己的愚昧大笑一阵。有名的作家往往以写"渥德维勒"为耻，契氏不这样想，认为："这是最高贵的工作，不见得人人能写。"

无论是现实生活的俗浅也好，无论是抒情境界的质朴也好，契氏有力量在光影匀适的明净之中把真纯还给我们的心灵。萧伯纳有太多的姿态，不够朴素，所以只好对自己表示绝望："我每回看到契诃夫一出戏，我就想把自己的戏全部丢到火里。"朴素是一种最高的美德，然而并不就是单纯。契氏是一个复杂的谐和的存在，太单方面看他，我们可能丧失许多欣赏的机缘。高尔基明白:"契诃夫一辈子活在自己的灵魂当中;他永远是自己,永远内在地自由。"

一九四八年一月

大路上

人　物

提洪·叶甫斯杰格尼耶夫——大路上一座小店的东家。
塞萌·塞尔格耶维奇·包耳曹夫——一个败了家的地主。
玛丽亚·叶高罗夫娜——包耳曹夫的太太。
萨瓦——一位上了年纪的香客。

纳查罗夫娜 ⎱ 女香客。
叶菲莫夫娜 ⎰
费嘉——一个农夫。
叶高尔·麦芮克——一个流浪汉。
库兹玛——一个车夫。
邮差。
包耳曹夫太太的马车夫。
香客、家畜贩子，等等。

事情发生在俄国南部一个省份。

景是提洪的小店。右边是柜台和酒瓶架子。后边是一个通外的门。门外靠上，挂着一盏肮脏的红灯。地板和贴墙的长凳全挤满了香客和过路人。许多人没有空地就坐着睡。夜深了。幕起时，雷声在响，隔门可以看见电光。

提洪站在柜台后面。费嘉蜷成一团，半躺在一条长凳上，静静地拉着一架手风琴。靠近他是包耳曹夫，披着一件夏天的破烂大衣，萨瓦、纳查罗夫娜和叶菲莫夫娜躺在长凳近边的地板上。

叶菲莫夫娜 （向纳查罗夫娜）亲爱的，推推老头子！别想得到他一句答话。

纳查罗夫娜 （掀起一幅蒙着萨瓦的脸的布的犄角）你上香的，你是活着还是死啦？

萨瓦 我干吗死？老婆婆，我活着！（仰身挂着肘子）行行好，盖上我的脚！对啦。往右脚上面拉过来点儿。老婆婆，对啦。上帝保佑我们。

纳查罗夫娜 （盖好萨瓦的脚）睡吧，老爷子。

萨瓦 我也好能够睡？老婆婆，我只要有耐心烦儿忍得了这个疼，也就成了；睡不睡倒也罢了。一个有罪的人不配有安息。女上香的，那是什么响？

纳查罗夫娜 上帝送了一阵暴风雨来。风在号哭，雨在往下喷，往下喷。全下到房顶，流进窗户，像干豌豆。你没有听见？天上的窗户打开了……（雷声）天呀，天呀，天呀……

费嘉 吼着，响着，发着怒，就轰隆轰隆个没有完！嗯……就像一座树林子在响……嗯……风哭得像一只狗……（缩过去）还有冷！我的衣服湿了，门开着，全进来了……我倒好搁在架子里头往干里绞……（轻轻地弹琴）我的手风琴发潮了，所以你们呀，别想听音乐啦，我的信正教的兄弟们，要不然呀，真的！我会拉一段好的给你们听！真正呱呱叫的！你们可以来四对舞，或者随你们高兴，来波兰舞，或者两个人跳的什么俄罗斯舞……我全拉得来。在城里头，我在大饭店当侍者，我赚不了钱，可是我的手风琴才叫拉得好。我还会拉六弦琴。

角落里发出一个声音　一个蠢东西的一段蠢话。

费嘉　我满不搁在心上。

　　　　［稍缓。

纳查罗夫娜　（向萨瓦）老头子，现在暖和了，只要你躺下去，暖暖你的脚。（停）老头子！上香的！（摇萨瓦）你要死了吗？

费嘉　老爷子，你应当喝点儿伏特加[1]。喝酒，烧，在你的肚子里烧着，你的心就暖和了。喝吧！

纳查罗夫娜　年轻人，别乱吹啦！老头子也许正在把他的魂灵儿还给上帝，或者正在为他的罪过忏悔，你像那样子讲话，拉你的手风琴……放下来！你就没有臊！

费嘉　你缠他有什么好处？他帮不了你什么，你……你那老婆婆的话……他没有一句话回答，你倒喜欢，快活，因为他在听你瞎白嗑……老爷子，你睡你的吧，别理她！由她说去好了，你就当没有她这人。女人的舌头是魔鬼的扫帚——把好人和聪明人全扫

1　伏特加：原译"渥德喀"，现改通译。——编注

到房屋外头。别睬理……(挥手)你这人可真瘦,哥儿们!真可怕!像一架死骷髅!没有血肉!你真在死吗?

萨瓦 我为什么死?噢,主,救救我,别白白死掉……我疼上一会儿,上帝帮我,我就好起来了……上帝的母亲不会让我死在一个生地方的……我要死在家里。

费嘉 你打远地方来的?

萨瓦 从伏洛格达,城里头……我住在那儿。

费嘉 这伏洛格达在什么地方?

提洪 莫斯科的那边……

费嘉 可不得了……老头子,你这趟路真不近!走来的?

萨瓦 走来的,年轻人。我来到顿河的提洪,我到神山去……从那边,假如上帝愿意,到奥德萨……他们讲,从那边到耶路撒冷便宜,二十一个卢布,他们讲……

费嘉 你也去过莫斯科?

萨瓦 那还用说!五次……

费嘉 那是一个好城市?(吸烟)发达吗?

萨瓦 年轻人,那儿有许多教堂……教堂多的地方总归是一个好城市……

包耳曹夫 (走近柜台,向提洪)求你,再一回!为了基督的缘故,倒给我!

费嘉 关于一个城市,主要的事是它应当干净。假如尘土多，必须拿水冲；假如肮脏，必须弄干净。应当有大建筑……一个戏院子……巡警……马车……我呀，我在城市里头住过，我懂。

包耳曹夫　一小杯也就成了。我过后儿给你钱。

提洪　够数儿啦。

包耳曹夫　我求你啦！可怜！可怜我！

提洪　走开！

包耳曹夫　你不明白我……傻瓜，要是你乡下人的木头脑壳有一点点头脑的话，你就明白不是我问你要，是我内里头，用你明白的字眼儿，问你要！问你要的是我的毛病！明白罢！

提洪　我们是什么也不明白……走开！

包耳曹夫　因为假如我不马上有酒喝的话，你听明白了，假如我满足不了我的需要，我会犯什么罪的。只有上帝知道我会干出什么来！你开这店也有日子了，浑蛋，你就没有看到一堆醉鬼，你就没有想法子搞清楚他们像什么样子吗？他们有毛病！你愿意怎么样他们就怎么样他们，可是你得给他们伏特加！好啦，现在，我求你啦！求求你！我低头下气地求你！只有上帝知道多低头下气！

提洪　只要你出得起钱，你就有伏特加喝。

包耳曹夫　我到什么地方找钱去？我全喝光了！连地也光了！我有什么好给你的？我只有这件大衣，可是，我不能够给你。我里头是什么也没有……你要不要我的便帽？

〔摘下它来，递给提洪。

提洪 （看了一遍）哼……便帽的种类多了……看这些洞眼儿，倒是一个筛子……

费嘉 （笑）一顶绅士的便帽！到了小姐们面前，说什么你也得取下来。一向好，再见！近况如何？

提洪 （把便帽还给包耳曹夫）这发臭。我什么东西也不给。

包耳曹夫 假如你不喜欢它，那么，让我欠欠你这杯酒钱吧！我从城里过来的时候，给你带五分钱来。那时你就有了，拿钱噎死你自己！噎死你自己！我希望它堵住你的喉咙！（咳嗽）我恨你！

提洪 （拿拳砸柜台）你为什么要这样死乞白赖的？还像人！你在这儿干些子什么，你这骗子手？

包耳曹夫 我要一杯酒！不是我，是我的毛病！听明白！

提洪 你别逗我光火，把你连人扔在外头！

包耳曹夫 我怎么办好？（离开柜台）我怎么办好？

〔他思索着。

叶菲莫夫娜 恶魔在折磨你。先生，别睬理他。打下地狱的恶魔总在耳边讲："喝酒！喝酒！"你回答他："我偏不喝！我偏不喝！"他就走开了。

费嘉 他的头里头在响……他的肚子带着他跑！（笑）老爷是一个快活人。躺下，睡去吧！站在店当中，像一个稻草人儿，有什么用！这不是花园！

包耳曹夫 （发怒）闭嘴！驴子，没有人对你讲话。

费嘉 来下去，来下去！我们以前看够了你这种人！像你这样在大路上闲晃荡的人有的是。说到驴呀，等我打你个一重耳刮子，你嚷嚷起来要比风还凶。你自己是驴！傻瓜！（停）废物！

叶菲莫夫娜 老头子也许在祷告，也许在把他的魂灵儿交给上帝，这儿么，这些齷齪东西乱吵乱闹，讲种种……你们就不臊得慌！

费嘉 得啦，白菜杆子，你就安静着点儿吧，你这是在公共地方。学着跟别人一样。

包耳曹夫 我怎么办好？我要变成什么？我怎么才能够叫他明白？我还能够有什么话对他讲？（向提洪）血在我的胸膛滚！提洪叔叔！（哭）提洪叔叔！

萨瓦 （呻吟）我的腿揪心疼，像火球……老婆婆，香客。

叶菲莫夫娜 什么事，老爷子？

萨瓦 谁在哭？

叶菲莫夫娜 那位绅士。

萨瓦 请他为我流一滴泪，我好在伏洛格达死。有眼泪的祷告才灵。

包耳曹夫 老公公，我不是在祷告！这些不是眼泪！是汁子！我的魂灵儿在挨挤，汁子在往外流。（靠近萨瓦坐）汁子！可是你不明白！你，你的黑暗的头脑，不会明白。你们老百姓全在黑暗里头！

萨瓦 你在什么地方找到那些活在光明里头的？

包耳曹夫 老公公，他们的确有……他们会明白的！

萨瓦 是的，是的，亲爱的朋友……圣者们活在光明里头……他们明白我们所有的苦难……你用不着告诉他们……他们就明白了……只看一下你的眼睛就成了……于是你得到平静，就像你从来没有受过苦难——就全去了！

费嘉 可你曾见过什么圣者吗？

萨瓦 年轻人，的确有……这地上各色各式多的是。有罪的人们，上帝的奴仆们。

包耳曹夫 我不会明白这个……（迅速站起）既然不明白，说来说去有什么用？我现在头脑是怎么了？我只有一个本能，那就是渴！（迅速走向柜台）提洪，拿我的大衣抵！明白了吗！（打算脱掉它）我的大衣……

提洪 你大衣底下有什么？（往它底下看）你光光的身子，别脱，我不要……我还不想要我的魂灵儿担当罪过。

　　［麦芮克进来。

包耳曹夫 好吧，有罪过，我担当！你同意了吧？

麦芮克 （静静地脱下他的外套，穿着一件背心，腰带插着一把斧子）一只狗熊挨冻的地方，一个流浪汉子会出汗。我热透了。（把斧子放在地板上，脱掉背心）从泥里拖出一条腿，你可以弄掉一桶的汗。可是才拖出一条，另一条又陷进去了。

叶菲莫夫娜 是呀，话是对的……亲爱的，雨停了吗？

麦芮克 （瞥了一眼叶菲莫夫娜）我不跟上了年纪的女人讲话。

　　［稍缓。

包耳曹夫 （向提洪）有罪过，我担当。你听见还是没有听见我的话？

提洪 我不要听你讲话，走开！

麦芮克 外头黑得就像天抹了地沥青。你就看不见你自己的鼻子。雨打着你的脸，就像一阵暴风雪！

　　　　〔拾起他的衣服和斧子。

费嘉 对我们这帮子做贼的，倒是一桩好事。老猫不在，老鼠跳灶。

麦芮克 谁讲这个话？

费嘉 看仔细……赶着没有忘记。

麦芮克 我们随后看吧……（走向提洪）一向好，你这宽脸家伙！你不记得我了。

提洪 你们这些跑大路的醉鬼们，我要是一个一个来记的话，我看，我额头得添十个窟窿。

麦芮克 认认我看……

　　　　〔稍缓。

提洪 噢，是啦，我记起来啦。我一看你的眼睛我就认识你啦！（伸手给他）安德来·泡里喀耳泡夫？

麦芮克 我一直是安德来·泡里喀耳泡夫，不过现在我是叶高耳·麦芮克。

提洪 为什么？

麦芮克 上帝给我什么身份证，我就叫什么名字。我做了两个月的麦芮克。（雷声）轰隆隆……响吧，我不怕！（向四外看）这儿没有巡警？

提洪 你小题大做，讲到哪儿去了？……这儿的人没有

11

问题……巡警这辰光在他们的羽毛床上睡熟了……（高声）信正教的兄弟们，当心你们的口袋和你们的衣服，不然呀，懊悔在后头。这小子是无赖！他会抢了你们的！

麦芮克　叫他们当心他们的钱好了，说到他们的衣服呀——我碰也不会碰一碰的。我没有地方搁。

提洪　恶魔带你到什么地方去？

麦芮克　库班。

提洪　有这事！

费嘉　库班？当真？（坐起）那是一个好地方。兄弟，你要是睡上三年，做三年梦，别想看得见那样一个地方。他们讲，鸟在这儿，还有牲口——我的上帝！草一年四季在长，人民好，地多得不得了，他们就不知道拿地干什么好！他们讲……前天有一个兵告诉我……官家派给一个人一百代席阿亭[1]。这叫幸福，上帝砸我！

麦芮克　幸福……幸福走在你后头……你没有看见就是了。近在你的肘子旁边，可是你咬不了它。这叫废话……（看着长凳和所有的人）活像一群囚犯……一群可怜虫。

叶菲莫夫娜　什么样生气的大眼睛！年轻人，你身子里头有一个仇敌……别看着我们！

麦芮克　是的，你们这儿是一群可怜虫。

1　代席阿亭：俄国面积单位，约合1.09公顷。——编注

叶菲莫夫娜　转开身子！（推萨瓦）萨瓦，好人，一个恶人在看我们。亲爱的，他会害我们的。（向麦芮克）我告诉你，转开身子，蛇！

萨瓦　老婆婆，他碰不到我们，他碰不到我们……上帝不许他的。

麦芮克　好吧，信正教的兄弟们！（耸肩）安静着吧！你们倒不睡，弯弯腿的傻瓜！你们为什么不讲点儿什么？

叶菲莫夫娜　挪开你的大眼睛！把那恶魔的骄傲挪开！

麦芮克　安静着吧，弯弯背的老婆子！我没有带恶魔的骄傲来，我带的是和和气气的话，蛮想安慰安慰你们这群苦人！你们因为冷，挤在一块像苍蝇——我觉得你们可怜，对你们说些好话，哀怜你们贫穷，你们倒叽里咕噜个没完没了！原本用不着么！（走向费嘉）你打什么地方来？

费嘉　我住在这一带。我在喀蒙耶夫斯基砖窑做活。

麦芮克　起来。

费嘉　（起来）什么？

麦芮克　起来，站起来。我要在这儿睡。

费嘉　这叫什么……这不是你的地方，是吗？

麦芮克　是的，我的。去睡到地上！

费嘉　流浪汉子，你滚开这地方。我不怕你。

麦芮克　你的舌头倒挺快……起来，没有什么好说的！蠢东西，你要后悔的。

提洪　（向费嘉）年轻人，别拿话顶他。别搁在心上。

费嘉 你有什么权力?你瞪着你的鱼眼睛,以为我怕!(拾起他的东西,躺到地上)恶魔!

〔睡下去,全身盖好。

麦芮克 (在板凳上挺直了)我敢说你从来没有见过一个恶魔,要不然,你也不会叫我恶魔。恶魔不是这样子。(躺下,斧子放在旁边)躺下,斧子小兄弟……让我把你盖好。

提洪 你打什么地方弄到那把斧子?

麦芮克 偷来的……偷来的,现在,我为它瞎忙活,好像一个小孩子有一个新玩具;我不喜欢去掉它,可又没有地方放它。好像一个混账太太……是的……(盖好自己)兄弟,恶魔不是这样子。

费嘉 (露出他的头)他们像什么?

麦芮克 像水汽,像空气……往空里吹的气。(吹)就像这个,你看不见。

角落里发出一个声音 你看得见,假如你吃苦受难。

麦芮克 我试来的,可是我什么也没有看见……老太婆的故事,也是蠢老头子的故事……你看不见一个恶魔,或者一个鬼,或者一具尸首……我们的肉眼,不是什么全看得见的……我是一个小孩子的时候,我时常夜晚在树林子里走路,故意要看树林子的鬼怪……我喊了又喊,这儿也许有什么妖精,我喊叫树林子的鬼怪,眨也不眨一下眼睛:我看见各种各样的小东西动弹,就是没有鬼怪。我夜晚常到教堂坟地走动,我想看看鬼——可是老太婆们撒谎。我看到种种走兽，就是没有可怕的东西——连个标记也看不到。我们的肉眼……

角落里发出一个声音 没有关系，的确你会看见……我们村子有一个人在挖一条野猪的肚肠……他正在把胃分开，就见……有东西朝着他跳！

萨瓦 （起来）小孩子们，别讲这些肮脏事了！亲爱的，这是一种罪过！

麦芮克 啊……灰胡子！骷髅架子！（笑）你用不着到教堂坟地去看鬼，从地板底下爬起来帮他们的亲戚出主意……一种罪过！……别拿你愚蠢的见解教训别人吧！你们是一群无知无识的人，活在黑暗里头……（燃起他的烟斗）我父亲是一个种地的，时常喜欢教训别人。有一夜晚，他偷了村里牧师一口袋苹果，一边扛着，一边告诉我们："孩子们，看呀，当心别在复活节前吃苹果呀，那是一种罪过。"你就是这样子……你不晓得恶魔是什么，可是你逢人乱叫恶魔……就拿这弯弯背的老婆婆来说罢。（指向叶菲莫夫娜）她看见我身子里头有一个仇敌，但是在她年轻时候，依着女人莫明其妙的胡闹劲儿，她起码有五回拿她的魂灵儿给了恶魔。

叶菲莫夫娜 嗯，嗯，嗯……老天爷！（盖起她的脸）好萨瓦！

提洪 你吓唬她们干什么？寻开心！（门在风中响动）耶稣我主……风，风！

麦芮克 （挺直）哎，显显我的力量！（门又砰嗒在响）

我要是能够跟风比拼比拼倒也罢了！我是把门刮下来呢，还是譬如说，把店连根拔掉了呢！（起来，又躺下）多闷得慌！

纳查罗夫娜　你邪教徒，还是祷告吧！你为什么这样烦？

叶菲莫夫娜　别跟他说话，随他去吧！他又在看我们了。（向麦芮克）恶人，别看着我们！你的眼睛就像鸡叫以前一个恶魔的眼睛！

萨瓦　香客们，让他看好了！你们祷告，他的眼睛也就害不到你们。

包耳曹夫　不成，我受不了。这太为难我的力量！（走向柜台）提洪，听我讲，我这是末一回求你……只要半杯也就成了！

提洪　（摇头）钱！

包耳曹夫　我的上帝，难道我没有讲给你听！我全喝光了！我到什么地方弄钱去？可你就是赊我喝一口伏特加，你也不会关店。一杯酒不过破费你两个铜钱，我哪，可就不难受了！我在难受！听明白！我在痛苦，我在难受！

提洪　去对别的什么人讲，别对我讲……去问信正教的，也许为了基督的缘故，他们万一高兴，会给你钱的，可是我呀，为了基督的缘故，只给面包。

包耳曹夫　你可以抢那些可怜人，我办不到……我不要那样做！我不要！听明白了吗？（拳头打着柜台）我不要。（停）哼……等等看……（转向女香客）说起来，倒也是一个主意，信正教的人们！捐五分钱！我的内里头问你们要。我有毛病！

费嘉　噢，你这骗子手，居然也"捐五分钱"。你就不会喝水吗？

包耳曹夫　我怎么可以这样下流！我不要钱！我什么也不要！我在说笑话！

麦芮克　先生，你打他那儿搞不出钱来的……他是一个有名的吝啬的人……等等，我什么地方有一枚五分钱……我俩分一杯——一人一半。（在口袋摸索）家伙……丢在什么地方了……我刚才还以为听见我的口袋滴零零响……是，是，是不在这儿，兄弟，你真不走运！

〔稍缓。

包耳曹夫　不过我要是喝不到嘴，我会犯罪，或者弄死我自己的！我的上帝，我怎么办！（看向门外）那么，我到外头去？去到黑暗里头，由着我的脚走……

麦芮克　你们这些上香的，你们为什么也不朝他讲讲道，还有你，提洪，你为什么不赶他出去？他没有钱给你做夜晚开销。丢他出去！哎，现在人是残忍的。不温和，也不仁慈……野蛮人！一个人淹死了，他们朝他喊叫："起来呀，要不淹死了，我们没有辰光尽照管你，我们还得干活儿去。"至于丢给他一根绳子——犯不上往那上头想……一根绳子要花钱的。

萨瓦　好人，别讲啦！

麦芮克　老狼，就安静点儿吧！你们是一个野蛮民族！希律[1]！出卖灵魂！（向提洪）这儿来，脱掉我的靴子！要用心！

提洪　哎，他使性子哪！（笑）怪，是不是？

麦芮克　来呀，我叫你干什么，你干什么！快呀，嗐！（稍缓）你听见我，还是没有听见我？我是对你讲话，还是对墙讲话？

　　　［站起。

提洪　好……算数。

麦芮克　发横财的，我要你给我脱掉靴子，一个可怜的流浪汉子。

提洪　好，好……别生气。这儿，来一杯……哼，喝酒来！

麦芮克　家伙，我要的是什么？我是要他给我倒酒喝，还是给我脱靴子？我难道没有交代清楚？（向提洪）你没有听我讲明白？我就等一时吧，也许你过会儿就明白了。

　　　［香客和流浪汉激动了，抬起一半身子，观看提洪和麦芮克。他们在静默之中等待。

提洪　恶魔把你带到这儿！（从柜台后边走出）什么样一位老爷！来吧，好。（拔下麦芮克的靴子）你这该隐的子孙……

麦芮克　这就对了，把它们靠着放好……像这样子……

---

[1] 希律：犹太国王，圣约翰和耶稣都死在他的治下。

现在你好去了!

提洪　(回到柜台)你太喜欢卖弄聪明了。你再来一回,我把你丢出店去!是的!(向走过来的包耳曹夫)你,又来啦?

包耳曹夫　看这儿,假定我给你一点金子做的东西……我会给你的。

提洪　你在摇什么?说正经!

包耳曹夫　在我这方面,也许是卑鄙恶毒,可是我怎么办?我是在做坏事,以后出什么乱子也顾不得了……人家要是为了这个审问我,一定放我走的。拿去好啦,唯一的条件是我从城里回来,你以后要还我。我当着这些证人拿它给你。你们是我的证人!(从他的胸口大衣底下,拿出一个金牌)这儿是……我应当把相片儿取下来,不过我没别的地方搁;我全身都是湿的……好吧,连相片儿也拿去吧!不过要当心……别叫你的手指头碰那张脸……当心……我对你粗鲁,亲爱的朋友,我是一个傻瓜,不过,原谅我,千万不要拿你的手指头碰它……别拿你的眼睛看那张脸。

[拿相匣给提洪。

提洪　(查看)偷来的东西……好,那么,喝……(斟伏特加)好不了你。

包耳曹夫　千万别拿你的手指头……碰它。

[慢慢地喝着,停顿,像发烧。

提洪　(打开相匣)哼……一位太太!……你什么地方搞

来这东西的?

麦芮克　让我们也开开眼。(走向柜台)给我们瞻仰瞻仰。

提洪　(推开他的手)你到什么地方去?到别的地方张望去!

费嘉　(起来,走向提洪)我也想看!

　　　〔好几个流浪汉,团团一群,来到柜台前边。麦芮克用两只手抓牢提洪的手,静静地端详着匣里的肖像。稍缓。

麦芮克　一个挺好看的女恶魔。一位真正夫人……

费嘉　一位真正夫人……看看她的脸,她的眼睛……打开你的手,我看不见。头发垂到她的腰……跟活的一样!看样子简直要说话……

　　　〔稍缓。

麦芮克　对于一个软弱人,这是毁灭。像这样儿女人迷住了人呀……(摇手)你就完了!

　　　〔库兹玛的声音传来:"嗐噫……停住,畜牲!"库兹玛进来。

库兹玛　路上开着一家店。说呀,我真就吃喝过去,走过去吗?你可以走过你自己的父亲,没有注意到他,可是黑地里一家店,离一百维耳司特[1]你就看见了。闪开,你们要是相信上帝的话!哼,这儿!(往柜台

---

[1] 维耳司特:俄国昔日长度单位,约合 1.07 公里。现已废除。——编注

上放下一枚五分钱辅币）一杯真正马德拉[1]！快呀！

费嘉 噢！恶魔！

提洪 别乱摇你的胳膊，你要打着别人的。

库兹玛 上帝给我胳膊摇晃。可怜的甜东西，你们有一半儿化了。你们怕雨，可怜的脆东西。

　　　　［饮酒。

叶菲莫夫娜 像这样的夜晚，你要是路上赶着了，好人，你会害怕的。现在，谢谢上帝，不成问题了，有许多村子和房子给你避风避雨，可是在这以前呀，就什么也没有。噢，主，那才叫坏！你走了一百维耳司特，不但没有一个村子，一所房子，你简直看不见一根干干的棍子。你只好睡在地上……

库兹玛 老婆婆，你在世上活了多久了？

叶菲莫夫娜 小公公，过七十了。

库兹玛 过七十了！眼看你就要活到老鸦的年纪了。（看包耳曹夫）这又是一块什么料？（盯着看包耳曹夫）老爷！（包耳曹夫认出库兹玛，慌忙缩到一个角落，坐到长凳上）塞萌·塞尔格耶维奇！是你，不是吗，哎？你在这地方干什么？这不是你待的地方，对不对？……

包耳曹夫 安静着吧！

麦芮克 （向库兹玛）他是谁！

库兹玛 一个可怜的伤心人。（在柜台前，激动地走动）

---

1 马德拉：白葡萄酒。马德拉是产酒的地名，在大西洋，是一个岛。［编按：原译"马代辣"，现改通译。］

21

哎? 在一个小店里头,我的天! 一身破烂! 烂醉! 我太想不到了,兄弟们……想不到……(向麦芮克,低着声)他是我的主子……我们的地主。塞萌·塞尔格耶维奇·包耳曹夫先生……你可曾见过一个人,沦落到这种地步? 看他成了什么样子? 简直……喝酒把他喝到这个地步……再给我添点儿!(喝酒)我打他的村子来,包耳曹夫卡; 你们也许听说过,离这儿二百维耳司特远,在叶耳朗夫司基区。我们从前一直是他父亲的佃奴……真丢人呀!

麦芮克 他有钱吗?

库兹玛 很有钱。

麦芮克 全叫他喝光了?

库兹玛 不是的,我的朋友,是一点别的事……他从前一直是伟大,阔绰,严肃……(向提洪)可不是,你不也常常看见他骑着马,一向都是这样子,走过你这家店,到城里去,什么样勇敢高贵的马! 一辆弹簧马车,好的材料! 兄弟,他平常总有五辆三匹马拉的车……五年以前,我记得,他到这儿,从米基新司基。带着两匹马来,一出手就是一块值五卢布的洋钱……他说,我没有时候等找零头……那就是他!

麦芮克 我猜,他的脑筋不灵了。

库兹玛 他的脑筋倒灵……毛病是因为他懦! 脂肪太多了。头一个,孩子们,因为一个女人……他爱上了一个城里女人,他觉得世上没有比她更美的女人了。

一个傻瓜爱了起来正跟一个聪明人一样入迷。女孩子的亲眷全不差……可是她本人呀,不就是放荡,不过是……轻浮……总是三心二意的!总在飞眼儿!总在笑,笑……简直不像话。上等人喜欢这个,说那可爱,可是咱们乡下人呀,恨不得马上把她丢出去……是呀,他爱上了她,他的运气就吹了。他就这么陪她,一件……又一件……常常整天在外头划船,弹钢琴……

包耳曹夫 库兹玛,别告诉他们!你何苦来?我这一辈子跟他们有什么关系?

库兹玛 老爷原谅我,我不过对他们讲上一点儿……没有关系,其实……我浑身打哆嗦。再来点儿酒。

　　[喝酒。

麦芮克 (捺低声音)女的爱他吗?

库兹玛 (捺低声音,慢慢回到寻常声音)她凭什么不?他是一个有产业的人……一个人有钱花,有一千代席阿亭,当然你要爱他了……他是一位坚强,庄重,为人尊严的绅士……总是一个样子,就像这样子……把你的手给我(握麦芮克的手):"一向好,再见,辛苦。"对啦,有一天黄昏,我路过他的花园——兄弟,那才像个花园,好几维耳司特大——我靠着安安详详地走,我一抬头,就看见他俩坐在一张凳子,彼此在亲嘴。(模仿声音)他香了她一回,她呀还他两回……他握着她的雪白小手,她真叫火热,越贴越近活……她说:"我爱你。"他呀,倒霉蛋儿,从这一个地方走到另一个地方,活活一个懦夫,逢人夸耀他的幸福……给这个人一卢布,送那个人两卢布……送我钱买一匹马。替人人把债了清。

包耳曹夫 噢,干吗对他们讲这个?这些人没有同情……反而伤人!

库兹玛 老爷,没有什么!他们问我!我何必不讲给他们听?不过,假如你生气,我当然不……当然不……他们关我什么事……

〔传来驿车铃铛。

费嘉 别叫唤:静静地告诉我们……

库兹玛 我这就静静地告诉你们……他不要我讲,可是,那挡不住……不过也没有什么好讲了。一句话,他们结婚了。没有事了。给铁石心肠的库兹玛再来一杯!(喝酒)我不喜欢人往醉里喝!说的是呀,婚礼举行了,客人们在事后入席了,她坐了一辆马车走了……(耳语)去了城里,去了她的爱人那边,一个律师……哎?你们现在想想看?正在那要紧点儿上!她叫人杀了,还算便宜了她哪!

麦芮克 (思考)怎么……后来又怎么样?

库兹玛 他疯了……你们看得见,就像大家讲的,他开头和一个苍蝇在一起,后来它长成了一只大马蜂。当初是一个苍蝇,现在——它变成一只大马蜂了……可是他还爱着她。看看他呀,他爱她!我想,他现在到城里去想法子偷偷看她一眼……他看她一眼,再回来……

〔驿车来到店前。车夫进来喝酒。

提洪 今天驿车晚啦。

〔车夫不做声,付了账,走了。驿车出发,铃铛在响。

角落里发出一个声音 像这种天气,很好把驿车抢了——跟唾痰一样容易。

麦芮克 我活了三十五年,还没有抢过一次驿车……(稍缓)现在走远了……太迟啦,太迟啦……

库兹玛 你打算闻闻监牢里头的味道?

麦芮克 你抢,不见得就进监牢。就算我去又怎么样!(忽然)后来?

库兹玛 你是说那倒霉蛋儿?

麦芮克 还有谁?

库兹玛 兄弟们,他败家的第二个原因是由于他的妹夫,他妹妹的丈夫……他答应给他的妹夫在银行担保三万卢布。那妹夫是个贼……这骗子早知道他的面包那边抹了牛油,死赖着,动也不肯一动……他当然不付了……于是我们这位先生只得付出三万。(叹息)这傻瓜在为他的胡闹受罪。他太太如今生了孩子,是那律师的,他妹夫在泡耳塔瓦附近买了一份产业,我们这位先生兜着小店儿乱转悠,像一个傻瓜,向我们这群人嘀咕:"兄弟们,我没了信心!我现在什么人也不相信了!"活活一个懦夫!人人有忧愁,一条蛇在咬他的心,那意思不就是说他必须喝酒?拿我们村子那位长辈来说罢。他女人在大白天

25

跟校长调情，把他的钱花在喝酒上，可是那位长辈走来走去，还冲自己微笑。他也就是有点儿瘦……

提洪 （叹息）上帝给人力量……

库兹玛 世上有各种各样力量，不错……怎么着？那又济得了什么事？（付账）拿去你的一磅肉[1]！孩子们，再见啦！晚安，做好梦！我得赶路啦。我打医院给我们太太接了一个产婆……可怜虫，等了这半天，她一定淋湿了……

　　〔跑出。稍缓。

提洪 噢，你！不快活的人，来，喝这杯酒！

　　〔斟酒。

包耳曹夫 （迟迟疑疑走向柜台，喝酒）这是说，我现在欠你两杯酒钱。

提洪 你欠我钱？算啦，喝罢，解解你的愁闷！

费嘉 老爷！也喝，喝我的！噢！（扔下一枚五分钱）你喝，你死；你不喝，你也是死。喝伏特加是不好的，可是，上帝，你喝上点，你舒服多了！伏特加消愁解闷……那热！

包耳曹夫 可不！热！

麦芮克 给我看！（从提洪那边接过相匣，端详她的照片）哼。成亲以后跑掉。什么样一个女人！

角落里传出一个声音 提洪，再给他倒一杯。让他把我的也喝了罢。

1　一磅肉：指酒钱。典出《威尼斯商人》。库兹玛挖苦店家是犹太人。

麦芮克 （把相匣摔在地上）该死！

　　［快步走到他的地方，躺下，脸朝墙。全吃一惊。

包耳曹夫　怎么，你干什么？（拾起相匣）畜牲，你怎么敢？你有什么权力？（充满了眼泪）你打算弄死我？乡下人！蠢猪！

提洪　老爷，别生气……那不是玻璃，那没有碎……再喝一杯，去睡吧。（斟酒）我这儿听你们讲话，忘了辰光点儿，早就该关门了。

　　［去关外门。

包耳曹夫　（喝酒）他怎么敢？傻瓜！（向麦芮克）你明白吗？你是一个傻瓜，一头驴！

萨瓦　孩子们！好不好，住住嘴！吵闹有什么意思？让大家睡才是。

提洪　躺下，躺下……安静着吧！（走到柜台后面，锁了钱屉）是睡觉的辰光啦。

费嘉　是辰光啦！（躺下）兄弟们，做好梦！

麦芮克　（起来，把他的短皮筒子和上衣铺在板凳上）老爷，来，躺下。

提洪　你睡到什么地方？

麦芮克　噢，什么地方全成……地板上就好……（拿一件上衣铺在地板上）对我全一样。（把斧子放在近旁）睡在地板上，对他等于是受刑。他睡惯了丝呀绒的……

提洪　（向包耳曹夫）老爷，躺下！你看了老半天那张相片，也该看够了。(吹熄一支蜡烛)扔掉它！

包耳曹夫 （摇摇晃晃）我有什么地方好睡？

提洪 睡到流浪汉子那儿！你没有听见他让地方给你吗？

包耳曹夫 （走向空板凳）我有点儿……醉……喝了那许多……不是吗？……我睡在这儿吗？哎？

提洪 是呀，是呀，躺下，别怕。

　　〔在柜台上躺直了。

包耳曹夫 （躺下）我是……醉了……四围东西全在转悠……（打开相匣）你没有一支小蜡烛吗？（稍缓）玛沙，你是一个小怪女人……在匣子里头看着我笑……（笑）我喝醉了！难道一个人喝醉了，你就应该笑他吗？你往外看，就像沙斯特里夫柴夫说的……爱这醉鬼。

费嘉 风直在吼。多凄凉！

包耳曹夫 （笑）什么样一个女人……你为什么直在转悠？我就逮不着你！

麦芮克 他在说胡话。看照片儿看的太长久啦。（笑）什么样一种怪事！受教育的人发明了种种机器和医药，可是就还没有一个十足聪明人发明一种制女人的医药……他们想法子医治种种的病，他们就没有想想，为女人死的男人比害病死的男人多多了……狡猾，吝啬，残忍，没有头脑……婆婆欺负儿媳妇，儿媳妇骗男人出气……就没有一个完……

提洪 女人们弄乱他的头发，所以就直了起来。

麦芮克 不仅仅是我……自从年月开始,世界有了以来,人就在埋怨……在歌儿和故事里头，把恶魔跟女人放在一道，不是没有原由的……不是没有道理的！说什么也有一半真……（稍缓）这儿，这位老爷成了傻瓜，可是我离开爹娘，变成一个流浪汉子，不倒懂事多了吗？

费嘉 为了女人？

麦芮克 就跟这位老爷一样……我走来走去，家伙，像一个受到上天处罚的人，中了邪的人……白天夜晚发狂，直到末了我睁开了眼睛……那不是爱情，只是诱骗罢了……

费嘉 你拿她怎么办？

麦芮克 不管你的事……（稍缓）你以为我弄死她？……我才不干……你要是杀人，你就糟了……她倒快快活活地活下去！只要我从来没有看见你，或者只要我能够忘掉你，毒蛇的种！

　　［有人叩门。

提洪 恶魔带谁来了……谁在那儿？（叩门）谁敲门？（起来，走向大门）谁敲门？走开，门上了锁啦！

声音 提洪，放我进来。马车的弹簧坏了！行行好，帮帮我忙！我只要有一根绳子把它捆好，我们好歹也就蘑菇到那边了。

提洪 你是谁？

声音 我们太太从城里到瓦耳扫脑费耶夫去……只有五维耳司特远了……做做好人，帮帮忙！

提洪 去告诉那位阔太太，她肯出十卢布，她就可以有那根绳子,修好弹簧。

声音 你是疯啦,还是怎么的啦?十卢布!疯狗!在我们的灾殃上打主意!

提洪 随你的便……你不肯,就算了。

声音 好,等等。(稍缓)她讲,成。

提洪 这我喜欢听!

　　〔开门。车夫进来。

车夫 信正教的人们,晚安!好,给我绳子!快!孩子们,谁去帮我们的忙?你们忙活一阵子会有好处的!

提洪 没有什么好处……还是让他们睡吧,我们两个人就办啦。

车夫 家伙,我累啦!天冷,泥里头没有一块干地……亲爱的,还有一件事……你这儿有没有个小间儿,给太太取取暖?马车倒在一边,她不好在里边待……

提洪 她要一间房干什么?她要是冷,这儿她蛮好取暖……我们帮她找一个地方。(清理出一个地方靠近包耳曹夫)起来,起来!在地板上也就是躺一小时,让太太取取暖。(向包耳曹夫)老爷,起来!坐起来!(包耳曹夫坐起来)这儿有你一个地方。

　　〔车夫下。

费嘉 你来了一位贵客,恶魔带她来!这下子好了,天亮以前别想睡得成。

提洪 我后悔我没有要十五卢布……她会答应的……(站在门口迎候)我说呀,你们这群人可真娇脆!(进来玛丽亚·叶高罗夫娜,后边跟着车夫。提洪鞠躬。)

请，太太！我们的屋子很不像样儿，全是蟑螂！不过，赏赏脸吧！

玛丽亚　我什么也看不见……我打哪边儿走？

提洪　这边，太太！(把她带到包耳曹夫近旁的空地)这边，请！(吹干净地方)对不住，我另外没有屋子，不过，太太，您别怕，这儿这些人全是好人，全很安静……

玛丽亚　(坐在包耳曹夫身旁)闷气极了，打开门，请啦！

提洪　是，太太。

　　　[跑过去，把门敞开。

麦芮克　我们冻死了，你把门打开！(起来，啪的一声关了门)你是什么东西，也吩咐人？

　　　[躺下。

提洪　对不住，太太，我们这儿待着一个傻瓜……有点儿糊涂……不过，您别怕，他不会妨您的……不过，太太，对不住，十个卢布我搞不来……得十五个。

玛丽亚　好吧，可得快。

提洪　马上……马上就好。(从柜台底下抽出一根绳子)马上就好。

　　　[稍缓。

包耳曹夫　(看着玛丽亚)玛丽……玛莎……

玛丽亚　(看着包耳曹夫)这是什么？

包耳曹夫　玛丽……是你？你打什么地方来的？(玛丽亚认出是包耳曹夫，叫唤，跑到屋子中央。包耳曹夫跟着)玛丽，是我……我(高声笑)我的女人！玛丽！我在什么地方？来人呀，掌灯！

玛丽亚　离开我！你撒谎，这不是你！不能够！（手盖住脸）是撒谎，全是胡闹！

包耳曹夫　她的声音，她的走动……玛丽，是我！我这就停……我喝醉了……我的头在打转悠……我的上帝！停住，停住……我简直搞不清楚。（嘶喊）我的女人！

　　　　［倒在她的脚边，哭泣。一群人聚在夫妇四周。

玛丽亚　靠后站！（向车夫）代尼斯，让我们走！我说什么也不能够再在这儿待！

麦芮克　（跃起，盯着她的脸）照片儿！（抓住她的手）就是她本人！嗐，大家看呀，她就是这位先生的女人！

玛丽亚　坏蛋，走开！（打算抽出她的手）代尼斯，你干什么站在那儿瞪眼睛？（代尼斯和提洪奔向她，扳住麦芮克的两臂）这是贼窝子！放开我的手！我不怕！……离开我！

麦芮克　等等，我会松手的……让我对你讲一句话，也就是一句……一句，你就明白了……等等……（转向提洪和代尼斯）滚开，混账，松手！我不讲完话，我不会放你走的！停住……等一下子。（拿拳头打他的额头）不成，上帝没有给我才分！我就想不出对你这种人讲什么好！

玛丽亚　（抽开了手）滚开！醉鬼……我们走罢，代尼斯！

[她打算走出,但是麦芮克关了大门。

麦芮克　你看他一眼,行行好,也就是一眼,一眼也就成了!要不,对他讲一句短短的好话!也就是一句,为了上帝的缘故!

玛丽亚　弄走这……傻瓜。

麦芮克　那么,该死的女人,恶魔送你上路!

[他摇起他的斧子。全体骚动。人人跃起,乱嚷嚷,发出恐怖的叫喊。萨瓦站在麦芮克和玛丽亚中间……代尼斯把麦芮克逼到一边,拖走他的主妇。经过这么一闹,大家站直了,全像石头。一阵长久的沉默。包耳曹夫忽然在空中挥动他的手。

包耳曹夫　玛丽亚……你在什么地方,玛丽亚!

纳查罗夫娜　我的上帝,我的上帝!你们这些杀人犯,简直撕烂了我的魂灵儿!这一夜,怕死人!

麦芮克　(垂下手,他仍然握着他的斧子)我杀了她,还是没有杀?

提洪　谢谢上帝,你的头牢靠啦!……

麦芮克　那么,我没有杀她……(蹒跚向他的床位)因为这是一把偷来的斧子,命运没有把我打发到死路上去……(倒下,哭泣)唉!我呀,唉!可怜可怜我,信正教的人们!

——幕落

论烟草有害

一出舞台独白独幕剧

(一九〇二年版)

人　物

伊万·伊万诺维奇·牛兴——一个怕老婆的丈夫，太太主持一家女子音乐学校和一所寄宿学校。

景是一家外省俱乐部的讲台。

牛兴 （绕腮长胡须，上嘴唇剃得干干净净，穿着一件旧得发光的大礼服，十分尊严地走来，鞠躬，整理他的背心）太太们，先生们，就这么说吧！（往下理齐胡须）内人建议，为一个慈善的目的，我应当到这里做一篇通俗的讲演。好吧，假如我必须演说，我必须——这在我绝对没有关系。当然，我不是一位教授，也没有得过学位，然而，可是，近三十年来，不停不息，我简直可以说是有害于自己的健康等等，我一直在研究完全属于科学的性质的问题。我是一个用脑筋的人，想想看，有时候我甚至于写些科学文字；我的意思是，不恰好就是科学，然而，原谅我这样说，差不多也就在科学范围以内。好比说吧，前些日子我写了一篇长论文，题目是"若干昆虫有害论"。我的女孩子们非常喜欢这篇文章，特别是讲到臭虫的地方；不过读过一遍之后，我就撕掉了。说实话，你就是写得再好，可是不用波斯粉[1]，你办不到。甚至于我们的钢琴都有臭虫……关于我现下所讲的主题，不妨这样说吧，吸食烟草所招致于人类的伤害。我自己吸烟,不过内人吩咐我今天讲讲烟草的害处,所以,不讲也就不成了。烟草,好吧,就算是烟草——这在我绝对没有关系;不过,诸位先生,我建议,你们应当以全副应有的严肃听我现下讲演,不然的话,有什么意外发生,那就不妙了。然而有些位如果怕听干燥的科学讲演,也不在乎那些事,就用不着听,根本可以离席。(整理他的背心)我特别要求出席的做医生的会员们注意,他们从我的讲演可以得到许多有用的资料,因为烟草,不提它有害的效果,也当药用的。所以,举例来看,你假如把一只苍蝇放在一个鼻烟盒里面,它就许因为神经错乱而死。烟草其实是一种植物……每逢我讲演的时候,总爱眨我的右眼睛,不过,你们用不着注意:那完全由于神经紧张的缘故。就一般而言,我是一个神经非常紧张的人;我开始眨我的右眼睛,远在一千八百八十九年,往正确里讲,在九月十三号那一天,就在内人给我们添巴尔巴辣,不妨这样说吧,第四个女儿的那一天。我的女儿全生在十三号那一天。虽然,(看表)时间不长,我离题不好太远,我必须顺便声明,内人主持一家音乐学校和一所私立的寄宿学校;我的意思是说,不就完全是一所寄宿学校,可是性质上有些相似。不瞒诸位说,内人动不动就讲经济拮据;可是她在一个平安的角落存了有四五万卢布;

---

1 波斯粉即臭虫粉。

至于我自己，我连一个铜板也没福气有，一个錘子也没——不过，算啦，老谈这个又有什么用处？在寄宿学校，我的责任是料理家务。我置备伙食，管理仆役，登记账目，缝好练习簿，清除臭虫，领内人的小狗散步，捉老鼠……昨天晚饭是我拿面粉牛油给厨子，因为我们今天要做糕饼。好，往简单里说，今天糕饼做好了，内人下到厨房讲，她有三个学生扁桃腺肿，没有糕饼吃。这样一来，我们多出了几块糕饼。你们看应当怎么办？内人先吩咐把这些糕饼收到柜橱；可是后来，她想了想，有心事的样子道："你可以吃那几块糕饼，你这纸扎人……"每逢她不高兴的时候，她总像这样骂我："纸扎人"，要不就是"毒蛇"，要不就是"魔鬼"。你们看得出我是个什么样的魔鬼。她一来就不高兴。可是我没有细嚼糕饼，我一口囫囵咽下去，因为我一来就饿。昨天，举例来看，她就不给我饭吃。她讲："喂你呀，没有那个必要，你活活儿一个纸扎人……"无论如何，（看表）我离题远了，我有点儿话不对头。让我们接着讲下去。虽说，当然喽，你们现下也许爱听一段儿小故事，或者大段儿合奏，或者什么小调儿……（唱）"战火虽炽足不移……"我不记得这是哪儿来的了……再说，我忘记告诉你们，在内人的音乐学校，不算料理事务，我的责任还包括有教数学、物理、化学、地理、历史、声音、文学，等等。关于舞蹈、歌唱和绘画，内人另加一笔费，虽说我就是舞蹈和歌唱的先生。我们的音乐学校就在五狗巷，门牌十三号。这也许就是为什么我的生活是这样不幸，由于住在一所门牌十三号的房子的缘故。再说，我的女孩子们生在十三号那一天，我们的房子有十三个窗户……不过，算啦，老谈这个有什么好处？内人任何时间在家里会见事务上的来客，学校一览这里门房就有，六毛钱一本。（从衣袋取出几本）假如诸位欢喜，本人可以奉让几本。每本六毛钱！有谁要买一本吗？（稍缓）没有人？好吧，四毛钱一本。（稍缓）真够叫人厌烦的！是呀，房子是十三号。我样样事失败；我变老了，笨了。现在，我在讲演，看外表，我挺高兴的样子，可是我倒真想扯破了嗓子嚷嚷，要不然呀，跑到天涯海角也好……就没有一个人我好诉苦，我简直想哭……诸位也许说，你有你的女孩子们……可是女孩子们又算个什么呀？我讲给她们听，她们只是笑……内人有七个女儿……不对，对不住，我相信只有六个……（活泼地）不错，是七个！老大，安娜，二十七岁，老小儿，十七岁。先生们！（向四围看）我是一个可怜虫，我变成了一个傻瓜，一个无足轻重的东西，不过，话说回来，站在诸位眼前的是最幸福的父亲。说到临了，应当是这样子，我也不敢说不。可是，诸位只要知道也就好了！我和内人在一起过了三十三年，我可以说，是我一生最好的岁月；我的意思不就说最好，只是就一般而言。一句话，过去了，就像快乐的一瞬；不过，严格地讲，滚他妈的蛋。（向四围看）我想，可不，她还没有来；她不在这儿，所以，我还可以说说我喜欢说的话……我极其害怕……我害怕她盯着我看。好，我方才讲的，我的女孩子们嫁不出去，也许因为她们怕羞，也许因为男人们永远没有一个机会看到她们，内人不肯开茶会，也从来不请客吃饭，她是一位顶尖刻，脾气坏，好吵嘴的太太，所以没有人到家里来，不过……我可以悄悄儿告诉你们（来到脚灯前面）……内人的女孩子们可以在大宴会的日子看到，在她们的姨妈家里，娜塔丽·赛明劳芙娜，就是那位害风湿症的太太，总穿着一件黑点儿黄袍子，好像爬满了一身黑甲虫。那儿有好饭吃。假如内人凑巧不在那儿，那你们还可以……（抬起臂）我必须声明，我有一杯酒就醉，由于这个缘故，我觉得非常幸福，同时也非常忧愁，我就没有法子向诸位形容。于是我想起我的青春，一心巴着跑开，往远里跑……噢，只要诸位知道我多巴着往远里跑也就好了！（兴奋）跑开，样样丢在后头，看也不朝后看一眼……到哪儿去？随便哪儿都成……只要我能够远远离开这愚蠢、卑鄙、廉价的生活，这把我变成一个可怜的老傻瓜，一个可怜的老白痴的生活；远远离开这愚蠢、琐碎、坏脾气、可憎、恶毒的吝啬鬼，折磨了我三十三年的太太；远远离开音乐，离开厨房，离开内人的银钱事项，离开一切细微和凡庸……远远离开，然后，在什么地方停住，在田里，静静地站着像一棵树，像一根柱子,像一家园子的纸扎人,在光天化日之下,一整夜望着头上亮晶晶的静静的月亮,忘记,忘记……噢,我多巴着什么也不记在心里!……我多巴着脱掉这件三十三年前结婚时候穿的破烂旧礼服……(脱掉大礼服)为了慈善的目的,我总穿着这件礼服讲演……看我踏不烂你!(踩着礼服)看我踏不烂你!我穷,我老,我一副可怜相,就像这件背心,背后补了又补破破烂烂,高低不平……(露出他的背)我什么也不需要!我比这个还好,还干净;我从前也年轻过,我在大学读过书,我做过梦,把自己当做一个男子汉……我现在什么也不需要!就是需要休息……休息!(向后看,急忙穿好大礼服)内人在讲台后头……她来了,在那儿等我……(看表)时间到了……假如她问起诸位的话,我求求诸位,告诉她讲演的人是……那个纸扎人,我的意思是说我自己,举止挺尊严。(看向一旁,咳嗽)她往这方向看……(提高声音)根据前提,烟草含有一种可怕的毒药,方才我已经讲过,吸烟在任何情形之下是不应该的,同时我斗胆希望,就这么说吧,我的讲演"论烟草有害"对于诸位有若干用处。我讲完了。Dixi et animam levavi![1]

〔鞠躬,尊严地走开。

——幕落

---

[1] 拉丁文,我讲完了,心为之一松!

天鹅之歌*

* 传说天鹅于死前唱歌,通常借指诗人、艺人。

人　物

瓦希里·瓦华里叶奇·史威特洛维多夫——一位喜剧演员，六十八岁。

尼基塔·伊万尼奇——一位提示，一位老年人。

景是乡间剧院的舞台，夜晚，散戏以后。右手是一排粗糙没有上漆的门，通到化装室。左手和后方，舞台上堆满了种种乱七八糟的东西。舞台中央有一张翻转的凳子。

史威特洛维多夫　（穿着Kalkhas的衣服，拿着一支蜡烛，走出化装室，笑）好呀，好呀，这才滑稽哪！这个玩笑开大发啦！戏完的时候，我在我的化装室睡着了，个个儿都离开戏园子了，我还安安静静地在里头打呼儿。嗐！我是一个傻老头子，一个可怜的老糊涂！我又喝酒来的，所以才在那儿，坐着坐着就睡着了。这手儿可真漂亮！老孩子，有你的！（呼唤）叶高耳喀！彼特鲁希喀！家伙哪儿去啦？彼特鲁希喀！混账东西一定睡了，现在就是地震也别想他们醒得过来！叶高耳喀！（拾起凳子，坐下，蜡烛放在地板上）没有一点点声音！只有回声答应我。今天我给叶高耳喀和彼特鲁希喀每人一份儿赏钱，现在他们倒连个后影儿也不见了。两个坏小子全走了，说不定把戏园子锁了哪。（向四外转他的头）我喝醉了！噢！今天晚饭是为我演的义务戏，为了这千载难逢的机会，我往喉咙里头灌了许多啤酒，许多酒，现在一想，真还肉麻！老天爷！我的浑身发烫，我觉得我嘴里好像有二十条舌头。真可怕！简直发痴！这可怜的老荒唐又喝醉了，简直就不知道他在庆祝什么！噢！我的头在裂，我浑身在打哆嗦，我觉得又黑又冷，就像待在一座地窖里面！就算我不在乎自己的身体，我起码也应当记住自己的年纪才是，我真是一个老白痴！是呀，活到我这把子年纪！简直没用！我有本事扮丑角儿，吹牛，装年轻，可是我的生命呀，如今真是完了。我也好跟我的六十八岁告别了！永远看不见它们了！我把瓶子喝干了，瓶底儿也就是一些渣子了，除去渣子什么也没有了。是呀，是呀，瓦希里，老孩子，就是这个话。现在是你排练一个木乃伊那样角色的时候了，喜欢也好，不喜欢也好，你得演。死在朝你走哪。（朝前凝视）说起来，可也真怪，我在台子上混了四十五年，这还是头一回看到一个熄了灯的黑夜的戏园子。头一回。（走向脚灯）多黑呀！我什么也看不见！噢！是呀，我也就是影影绰绰看见提示人的小地方，和他的桌子；此外是漆黑一片，一个无底的黑的正厅，像一座坟，死也许就藏在那里头……家伙……多冷呀！风在空园子吹，就像打一个石头烟筒吹出来。什么样一个鬼地方！我的背从上到下打冷战。（呼唤）叶高耳喀！彼特鲁希喀！你俩在哪儿？我怎么会想到这些可怕的东西上头？我喝不得酒；岁数大了，我没有多少日子好活了。活到六十八岁，人也就是走走教堂，准备死了，可是我在这儿——天！一个渎神的老醉鬼，穿着这丑角儿衣服——我就没有脸子叫人看。我得马上把它换下来……这地方太怕人，我在这儿待一整夜，吓也吓死了。（走向他的化装室，同时尼基塔·伊万尼奇穿着一件白长上衣，从舞台最远端梢的化装室走出。史威特洛维多夫看见伊万尼奇——吓得直叫，往后退）你是谁？什么？你要什么？（跺脚）你是谁？

伊万尼奇　先生，是我。

史威特洛维多夫　你是谁？

伊万尼奇　（慢慢向他走来）先生，是我，提示的，尼基塔·伊万尼奇。是我，师傅，是我！

史威特洛维多夫　（软软地倒在凳子上，呼吸粗重，强烈哆嗦）天！你是谁？是你……你尼基陶希喀？什么……你在这儿干什么？

伊万尼奇　我在化装室过夜。先生，求您千万别讲给阿历克塞·佛米奇知道。我没有别的地方去过夜；真的，我没有。

史威特洛维多夫　啊！是你，尼基陶希喀，是吗？想想看，观众叫我出去，叫了十六次之多；他们又送了我三只花冠，还有好些别的东西；他们全热狂得不得了，可是等到事完了，就没有一个人来叫醒可怜的醉老头子，把他送回家去。尼基陶希喀，可我是上了年纪的人呀！我六十八岁了，还直闹病。我没有心再干下去了。(抱住伊万尼奇的颈项，哭)尼基陶希喀，别走开；我老了，没用了，我觉得该是我死的时候了。噢，真可怕，可怕！

伊万尼奇 （温柔地，尊敬地）亲爱的师傅！该是你回家的时候了，先生！

史威特洛维多夫 我不要回家；我没有家——没有！没有！——没有！

伊万尼奇 噢，亲爱的！你忘记你住在什么地方了吗？

史威特洛维多夫 我不要去那儿。我不要！我在这儿就是一个人。尼基陶希喀，我没有亲人！没有太太——没有儿女。我像在寂寞的田野吹过去的风。我死了，没有一个人记得我。孤单单一个人是可怕的——没有一个人鼓舞我，没有一个人忠心我，喝醉了酒也没有一个人扶我上床。我是谁的？谁需要我？谁爱我？尼基陶希喀，没有一个人。

伊万尼奇 （哭）师傅，你的观众爱你。

史威特洛维多夫 我的观众回家去了。他们全睡了，忘记他们的老丑儿了。不，没有人需要我，没有人爱我；我没有太太，没有儿女。

伊万尼奇 噢，亲爱的，噢，亲爱的！别为这个不开心。

史威特洛维多夫 不过我是一个人，我还活着。我的血管响着热的红血，高贵的祖先的血。尼基陶希喀，我是一个贵族；在我跌到这样低的地位以前，我在军队，在炮队服务，当时我是一个什么样翩翩美少年！漂亮，勇敢，热诚！全到哪儿去了？那些老日子都变成了什么？就是那座正厅，把它们全吞下去了！我现在全记起来了。我有四十五年活活儿在这儿埋掉，尼基陶希喀，什么样一种生活！我清清楚楚看见它，就像看见你的脸：青春的酩酊，信仰，热情，女人们的爱情……女人们，尼基陶希喀！

伊万尼奇　先生，是你去睡的时候了。

史威特洛维多夫　我第一次上台子的时候，正当热情的美好年月，我记得有一个女人爱我的演技。她又美又年轻，像白杨树那样优雅，天真，纯洁，像夏天的黎明那样照耀。她的微笑能够化除最黑的夜晚。我记得，我有一回站在她前头，就像我现在站在你前头。我觉得她从来没有像这时候那样美丽，她拿她的眼睛跟我谈话，那样美丽——那种眼神！我永远不会忘记，就是到了坟里也忘记不掉，那样温存，那样柔和，那样深沉，那样明亮和年轻！我丢魂了，我沉醉了，我跪在她前头，我求她把幸福给我，她讲："扔掉戏台子！"扔掉戏台子！你明白吗？她可以爱一个戏子，可是嫁给他——永远不成，我记得，我那天在演……我演一个愚蠢丑角儿，就在我演的时候，我觉得我的眼睛睁开了；我看见我所视为神明的艺术的崇拜，是一种幻象，一个空洞的梦；我是一个奴才，一个傻子，陌生人们的懒惰的玩具。我终于了解我的观众了，从那天起，我不相信他们的喝彩声，他们的花冠或者他们的热衷。是呀，尼基陶希喀！别人夸赞我，买我的相片，不过我对他们是一个陌生人。他们不认识我，我就像他们脚底下的烂泥。他们喜欢和我相会……可是让一个女儿或者一个妹妹嫁给我，一个不入流的人，永远不成！我不相信他们，（倒向凳子上）不相信他们。

伊万尼奇　噢，先生！你的脸色才叫苍白怕人！你把我吓死了！好，回家去吧，可怜可怜我吧！

史威特洛维多夫　那天我全看穿了，这点子智识是花了大价钱买下来的。尼基陶希喀！这以后……那女孩子……好，我就开始漂泊，没有目的，一天一天混下去，不朝前看。我演小丑儿，低级喜剧人物，听凭我的精神破产也不管。啊！可是我从前也是一位大艺术家，其后我一点一点扔掉我的才分，专演那花花绿绿的丑角儿，丢掉我的脸相，丢掉表现自己的能力，最后变成一个丑儿，不成其为一个人了。那个大而黑的正厅活活把我吞了。我从前一直没有察觉到，可是今天晚饭，我一醒过来，朝后一看，后头有六十八年，我这才懂得什么叫做年老！全完了……（呜咽）全完了。

伊万尼奇　好啦，好啦，亲爱的师傅！放安静……老天爷！（呼唤）彼特鲁希喀！叶高耳喀！

史威特洛维多夫　可是，我是一个什么样的天才！你想象不出我有什么样的能力，什么样的口才；我有多优雅，有多温存；有多少根弦（打着他的胸膛）在这胸膛里面颤嗦！我想到这上头就出不来气！你

现在听,等一下,让我换一口气,好啦,现在听这个:

> 伊万在天之灵把我认做他的儿子,
> 给我起了一个名字迪米特里,
> 为我激起人民的义愤,
> 指定鲍里斯来做我的牺牲。
> 我是太子。够啦!我冲一个
> 骄傲的波斯女人低头就是羞侮。[1]

坏吗,嗯?(很快)现在,等一等,这儿是一段李尔王。天是黑的,看见没有?雨在下,雷在吼,电——咝,咝,咝——掰开整个的天。好,听:

> 刮吧风,炸开你的腮帮子!发怒!刮吧!
> 往下倒呀,瀑布与飓风,你们
> 就索性泡掉我们的教堂,淹掉风鸡!
> 你硫磺一样的火,思想一样快,
> 劈开橡树的雷电的前驱,
> 烧干我的白头!还有你,雷,
> 震撼一切,把鼓肚皮的世界打平!
> 炸开自然的模型,立刻把那制造
> 忘恩负义的人的精虫全部流光!

---

[1] 普希金的史剧《鲍里斯·戈都诺夫》(Boris Godunov)之《夜》。

（焦急）现在，轮到傻子了。（跺脚）来演傻子的角色！快呀，我等不及了！

伊万尼奇　（饰傻子）

> 噢，老伯伯，在干房子领圣水比在门外头淋雨水好多了。好老伯伯，进去吧；求您的女儿们赐赐福吧；这个大夜晚呀，不心疼聪明人，也不心疼傻瓜。

史威特洛维多夫

> 你就轰轰隆隆响个痛快吧！喷呀火！
> 倒呀雨！雨，风，雷，火，统不是我的女儿。
> 我不怪你们大自然翻脸无情；
> 我从来没有给你们国土，叫你们儿女。[1]

啊！这才是力量，这才是才分！我是一位大艺术家！现在，好啦，这儿还有点儿东西，属于同类，把我的青春还给我。譬方说吧，念念这一段《哈姆雷特》，我开始……让我看，是怎么样来的？噢，是了，这就是。（饰哈姆雷特）

> 噢，风笛！给我一管看。你们这边来，——你们为什么直想兜着我转，像要把我赶进陷阱？

1　《李尔王》第三幕第二景。

伊万尼奇

> 噢,殿下,假如我的忠心太过分,是因为我的爱太欠礼貌。

史威特洛维多夫

> 我不大明白你的意思。你吹吹这笛子怎么样?

伊万尼奇

> 殿下,我不会。

史威特洛维多夫

> 求你了。

伊万尼奇

> 相信我,我真不会。

史威特洛维多夫

> 我真求求你。

伊万尼奇

> 殿下,我是一窍不通。

史威特洛维多夫

> 这跟撒谎一样容易:拿你的手指和大拇指按住这些洞眼,拿你的嘴往里吹气,就会发出最动

听的音乐。你看,这些是调音器。

伊万尼奇

可是我不能够叫它们发出谐和的音响:我没有这份儿本领。

史威特洛维多夫

好啊,可你看,你把我看成一个什么样不值钱的东西!你倒会作弄我;你倒像知道我的调音器;你倒想挖出我的神秘的心;你倒要从我的最低的音调试到最高;可是在这小玩艺儿里面,有的是音乐,你不能够叫它开腔。家伙,你真以为我比一管笛还容易作弄吗?随你叫我什么乐器,由你摸呀按的,你作弄不了我。[1]

(笑,拍手)好!再来一遍!好!家伙,什么地方看得出年纪老来?我不老,全是胡说八道,有一大股子力量冲过我;这是生命,新鲜,青春!老年和天才不能活在一起的。尼基陶希喀,你好像惊到说不出话来了。等一分钟,让我定定心看。噢!老天爷!好啦,听!你可曾听过这种柔情,这种音乐?嘘!轻轻的:

月亮下去了。没有一点点亮,

---

[1] 《哈姆雷特》第三幕第二景。[编按:哈姆雷特原译"汉穆莱提",现改通译。]

除非是天外一群寂寞的守望,
苍白的星星;还有萤火虫,一时
照亮酸酸的夹竹桃在红红的山谷,
小小的闪烁明了又灭,
仿佛热情的含羞的希望。

(传来开门的响声)什么响?

伊万尼奇 彼特鲁希喀和叶高耳喀回来了。是的,你有天才,天才,我的师傅。

史威特洛维多夫 (呼唤,转向响声)孩子们,这边儿来!(向伊万尼奇)让我们去换好衣服。我不老!全是瞎扯,胡说八道!(快快活活地笑)你哭做什么?可怜的老爸爸,你,到底怎么的啦?这不像话!好啦,好啦,这简直不像话!来,来,老头子,别死瞪眼睛!什么让你这样儿瞪眼睛?好啦,好啦!(流着眼泪,拥抱他)别哭啦!有艺术跟天才的地方,就决不会有什么老年,寂寞,生病那类事的……就是死本身也是一半……(哭)不,不,尼基陶希喀!现在我们全算完了!我算哪一类天才呀?我倒像一只挤干了的柠檬,一只裂口的瓶子,你呀——你是戏园子的老耗子……一个提示!走吧!(他们走)我不是天才,我顶多也就是做做福丁勃拉斯[1]的跟随,就是这个,我也太老了……是呀……尼基陶希喀,

---

[1] 福丁勃拉斯:《哈姆雷特》剧中的次要人物,挪威王子。原译"佛亨布辣斯",现改通译。——编注

你记得《奥赛罗》里面那几句话吗?

> 永别了心平气静;永别了知足!
> 永别了激发野心的大战
> 和戴羽盔的队伍!噢,永别了!
> 永别了长嘶的骏马,锐利的号角,
> 激励的鼙鼓,刺耳的横笛,
> 庄严的旗帜,和所有的特征,
> 光荣的战争的骄傲,夸耀和仪式![1]

伊万尼奇 噢!你是一位天才,一位天才!
史威特洛维多夫 再听听这个:

> 走开!旷野在月光下面发黑,
> 快云喝去黄昏最后一线白光:
> 走开!风这就要聚在一起喊去黑暗,
> 深深的子夜裹住晴天的亮光。

[他们一同走出,幕慢慢下落。

——幕落

---

[1] 《奥赛罗》第三幕第三景。

熊*

* "熊"在这里做"野人""粗人"或者"浑人"解释:出言无状,举止粗鲁,没有礼貌。

人　物

叶兰娜·伊万诺夫娜·波波娃——一位有地产的小寡妇，
　　脸上有酒窝。
格利高里·史杰潘诺维奇·史米耳诺夫——一位中年
　　地主。
鲁喀——波波娃的老马夫。

　　景：
　　波波娃家里一间客厅。
　　波波娃一身丧服，眼睛盯着一张照片。鲁喀对她
　　发议论。

鲁喀　太太，这不成……你简直是在毁自己。丫头跟厨子拣果子去了，活着的人个个在享福，就是猫也明白怎么样寻开心，在院子走来走去捉小蚊子玩儿；只有你一个人整天坐在这屋子，好像这是一座道院，一点儿玩儿乐的兴子也没有。是呀，真的！我看足有一年了，你就没有离开这所房子！

波波娃　我说什么也不出去……为什么我要出去？我这一辈子已经活到头儿了。他在坟里头，我把自己埋在四堵墙当中……我们两个人全死了。

鲁喀　得啦，看你把话说的！尼古拉·米哈伊洛维奇死了，好，那是上帝的意思，愿他的灵魂得到和平……你为他守丧——也是对的。不过你不能够哭呀守丧

的闹一辈子。我的老婆子也死了，时候到了么。怎么样？我伤心，我哭了一个月，对她也就够了，可是我要是死心眼儿哭上一辈子的话，嗐，老婆子不配。（叹息）你忘了你的四邻。你什么地方也不去，什么人也不看。好比这么说吧，我们活着像蜘蛛，从来看不见亮儿。老鼠啃了我的号衣。也不是附近没有好人家，这一区有的是。里布诺夫驻扎了一团兵，军官才叫帅——你看他们呀就看不够。每星期五，营盘开一回跳舞会，军乐队每天吹打一回⋯⋯哎，太太！你么年轻，俊俏，脸蛋儿红润润的——你只要肯出来玩玩儿就好了。你知道，花无百日红。过上十年，你想要到军官里头做母孔雀了，那就太晚了，人家正眼看也不看你。

波波娃 （决然）我请你啦，别再跟我讲这种话！你知道，尼古拉·米哈伊洛维奇死的时候，人生对于我丢掉一切意义。我发誓，到我死的那一天止，不脱我的丧服，也不看看亮光儿⋯⋯你听见了没有？让他的阴魂儿看看我多么爱他⋯⋯是的，我知道你清楚他待我常常不公道，残忍，还⋯⋯简直还不忠心，可是我呀忠心到死，让他看看我呀和我在他死前一样⋯⋯

鲁喀 你还是别讲下去吧，你应当到花园散散步，要不然呀，吩咐套上陶毕或者大块头，坐了车看看哪一位邻居去。

波波娃 噢！

　　　［哭了。

鲁喀 太太！好太太！你怎么啦？上天保佑你！

波波娃 他那样喜欢陶毕！他常常骑着它去考耳沙金司和夫拉扫夫司。他骑得真叫好！他使劲儿抖着缰绳，脸上的神情才叫美！你记得吗？陶毕，陶毕，吩咐他们多给它一份儿荞麦吃。

鲁喀 是，太太。

〔铃声乱响。

波波娃 （震动）那是谁？告诉他们我不见人。

鲁喀 是，太太。

〔下。

波波娃 （看着照片）你看，尼古拉斯，我多能够爱，多能够饶恕……我的爱要是死呀，除非这可怜的心停住不跳，和我一道儿死。（带着眼泪笑）你就不害臊？我是一个守节的小贤妻。我把自己关了起来，对你一直忠心，直到进了坟，你……你这坏孩子，你就不害臊？你骗我，跟我吵闹，一连好些星期丢下我一个人不管……

〔鲁喀慌慌张张上。

鲁喀 太太，有人问起你。他看见你……

波波娃 可是你没有告诉他，自从我丈夫去世以来，我就不见客了吗？

鲁喀 我告诉他了，不过他简直不听；讲他有很着急的事。

波波娃 我不见——客！

鲁喀 我这样对他讲，不过……恶魔……诅咒，推他进来了……他如今在饭厅。

波波娃 （厌烦）很好,叫他进来……什么样儿礼貌!（鲁喀下）这些人多惹我烦!他要见我做什么?他干吗要搅乱我的和平?（叹息）是的,我看我最后还非进道院不可。（思索）是的,进道院……

　　［鲁喀带史米耳诺夫上。

史米耳诺夫 （向鲁喀）蠢东西,你太喜欢讲话了……驴!（看见波波娃,恭恭敬敬说话）太太,我有光荣晋见,我叫格利高里·史杰潘诺维奇·史米耳诺夫,地主,退役的炮兵中尉!我有很着急的事,不得不打搅你。

波波娃 （不把手给他）你有什么事?

史米耳诺夫 你过世的丈夫,我有光荣认识,临死欠我一千两百卢布,写了两张期票。我因为明天必须还清一件抵押品的利息,我来请你,太太,今天把欠我的钱还清。

波波娃 一千两百……我丈夫做什么欠下你的?

史米耳诺夫 他常常向我买荞麦。

波波娃 （叹息,向鲁喀）你别忘记,鲁喀,多给陶毕一份儿荞麦。（鲁喀下）尼古拉·米哈伊诺维奇临死欠下你钱,我当然还你,不过你今天必须原谅我,我手里没有多余的现钱。后天我的管家就从城里回来了,我吩咐他把你的账结清了,不过眼下我没有办法照你的话做……再说,自从我丈夫去世以来,今天正好七个月,我的心境绝对不许我过问银钱事务。

史米耳诺夫 可是我的心境是呀,明天我不还掉到期的利息,我就必须漂漂亮亮离开人生,两脚朝前。我的房产就成人家的了!

波波娃 你后天会有钱的。

史米耳诺夫 我不要后天有钱,我要今天。

波波娃 你必须原谅我,我办不到。

史米耳诺夫 可是我没有办法等到后天。

波波娃 可我明明现在没有钱,我有什么办法!

史米耳诺夫 你是说,你不能够还我的钱?

波波娃 我不能够。

史米耳诺夫 哼!这是你想得到的最后的话?

波波娃 是的,最后的话。

史米耳诺夫 最后的话?绝对的最后?

波波娃 绝对。

史米耳诺夫 多谢之至。我要拿笔记下来。(耸肩)大家叫我安静着!我路上碰见一个人,他问我:"格利高里·史杰潘诺维奇,你为什么常常那样生气?"可是我怎么能够不生气?我要钱要得要死。我昨天跑了一天,一大清早儿,拜访所有我的债户,没有一个人还账!搞了这一天,人都发僵了,老天爷晓得我睡在什么破小店,犹太人开的,伏特加桶就在我的头旁边。临了我赶到这儿,离家有七十维耳司特,希望弄点儿钱回去,可是你接见我,有一种"心境"!我怎么能够不生气。

波波娃 我想我清清楚楚说过,我的管家从城里回来就还你的账。

史米耳诺夫 我来看你,不是看你的管家!我跟你的管家,原谅我这样讲,有什么屁事商量!

波波娃 先生,原谅我,我没有习惯听这种粗话,或者,这种腔调。我不要再听了。

〔急下。

史米耳诺夫 好家伙!"心境"……丈夫"七个月以前死掉"!我该还利息,还是不该还?我问你:我该不该还?假定你丈夫死了,你有一种心境,那类鬼把戏……你的管家去了别的地方,鬼跟着他,你要我怎么办?你以为我能够躲开我的债主,驾气球飞掉,还是怎么怎么吗?还是你巴着我拿脑袋壳儿撞砖墙?我去看格路斯代夫,不在家。雅罗谢维奇躲起来了,我跟库里秦大吵一场,几乎把他丢到窗户外头,马醋高的肚子出了毛病,这女人有"心境"。没有一头猪肯还我钱!这因为我待他们太温和,因为我是他们手里一块破布,一块软蜡!我跟他们真是太温和了!好吧,等着我!倒要你看看我像个什么!家伙,我不会叫你兜着我耍弄的!她不给钱,我就在她这儿住下去!妈的!……我今天真生气了,气大发了!我气得心呀肝的全在打哆嗦,气都出不来了……噢,老天啊,我简直觉得我生病了!(喊叫)来人!

〔鲁喀上。

鲁喀 什么事?

史米耳诺夫 给我点儿刻瓦司[1]，要不就水也成！（鲁喀下）讲理有这样讲法儿的！人家等着要自己的钱，急得要命，她不肯给，因为，你看，她不适于过问银钱事务！……那真是愚蠢的女性的逻辑。所以我过去从来不喜欢，现在也不喜欢，跟女人谈话。我宁可坐在一桶火药上头，也不跟一个女人谈话。家伙！……我简直觉得自己发冷——全为了那个小媳妇儿！我呀，一生气，就是离得远远的，看见这样一个有诗意的小玩艺儿，也会出一身冷汗的。我就没有法子看她们一眼。

［鲁喀捧水上。

鲁喀 太太有病，不见客人。

史米耳诺夫 滚开！（鲁喀下）有病，不见客人！好，就这么着吧，你不见我……我在这儿待下去，一直坐到你拿钱给我才走。你高贵，你可以病一个星期，我呀，我在这儿待一个星期……你病一年——我呀，我待一年。亲爱的，我有本事把属于我的弄到手！你呀，你那守寡的衣服，你那酒窝儿，赚不了我去！我晓得那些酒窝儿！（隔着窗户喊）西孚，卸牲口！我们不马上就走！我在这儿待下去了！告诉他们槽头上给马吃荞麦！蠢东西，你又把左边的马腿搞到缰绳里了！（挑逗）"没有关系……"我会给你的。"没有关系。"（离开窗户）噢，糟透了……烧发得厉

---

[1] 刻瓦司：俄国的一种饮料，以面包发酵而成。——编注

害，没有人还钱。睡不好，这都不算，这儿还有一个穿丧服的小媳妇儿，有一种"心境"……我的头疼……我喝点儿伏特加，什么的？是的，我想我应该喝。（喊叫）来人！

　　［鲁喀上。

鲁喀　什么事？

史米耳诺夫　一杯伏特加！（鲁喀下）噢！（坐下，检查自己）我这样子可真叫好啦！一身土，脏靴子，脸不洗，头不梳，背心上全是草……这位亲爱的太太满可以把我当做一个强盗。（呵欠）这样打扮来到一家客厅，的确没有礼貌，不过，没有办法避免……我到这儿来不是做客人，是讨债来的，向来就没有专为债主设计的衣服……

　　［鲁喀捧伏特加上。

鲁喀　先生，你可真不客气……

史米耳诺夫　（生气）什么？

鲁喀　……我……哎……没有什么……我真……

史米耳诺夫　你对谁讲话？闭嘴！

鲁喀　（旁白）恶魔守住这儿不走了……坏运气带了他来……

　　［下。

史米耳诺夫　噢，我真叫生气！气到我想我能够把全世界磨成灰……我简直觉得病了……（喊叫）来人！

　　［波波娃上。

波波娃　（眼睛向下）先生，我过着孤寂的生活，听不惯男性的声音，受不了人家嚷嚷。我必须请你不要搅扰我的和平。

史米耳诺夫 给我钱，我就走。

波波娃 我老早全对你讲清楚了，我没有一点多余的钱，等到后天就成了。

史米耳诺夫 我老早全对你讲清楚了，我后天不需要钱，单单今天需要。你要是今天不还我钱，我明天就得上吊。

波波娃 可我没有钱你叫我怎么办？你也真怪！

史米耳诺夫 那你现在不给我钱？哎？

波波娃 我没有……

史米耳诺夫 既然这样，我在这儿待下了，一直等到我把钱讨到手。（坐下）你后天给我钱？好极了！我在这儿一直待到后天。我就一整天在这儿坐着……（跳起）我问你，我明天该付不该付利息？还是你以为我这样做是寻开心？

波波娃 请你别嚷嚷！这不是马房！

史米耳诺夫 我不是在问你马房，我是在问我明天该不该付利息？

波波娃 你就不懂得当着女人应当怎么样做！

史米耳诺夫 不对，我懂得当着女人应当怎么样做！

波波娃 不对，你不懂！你是一个没有受过好教育的粗人！有规矩的人不像这样同一个女人谈话的！

史米耳诺夫 什么样儿生意！你要我怎么样同你谈话？说法文，还是别的？（脾气发作，嗫嚅而道）Madame,

je vous prie……[1] 你不给我钱，我快活极了……啊，对不住。我吵扰你了！今天天气这样好！你穿着丧服真好看！

［鞠躬。

波波娃 你这叫蠢，粗。

史米耳诺夫 （激她）蠢，粗！我不懂得当着女人应当怎么样做！太太，我往常看见的女人比你看见的麻雀还要多！我有三回为女人决斗。我拒绝了十二个女人，九个女人拒绝我！是呀！从前有一个时候，我做傻瓜，抹香水，说甜话，戴珠钻，鞠躬也有样式……我时时恋爱，痛苦，冲月亮叹气，人乖戾了，融解了，冻僵了……我时时恋爱，热情地，发狂地，鬼迷了心，花样十足；我时时叽里呱啦讲解放，像一只喜鹊，一半家产让感伤糟蹋掉，可是现在——你必须原谅我！你现在要我再那样子呀，你叫做梦！我尝够了！黑眼睛，多情的眼睛，红嘴唇儿，脸有酒窝儿，月亮，细声，细气——太太，全加在一起，别想我出一个制钱儿！眼前的人永远不算，女人不分大小，全不诚恳，欺骗，背后说坏话，妒忌，好虚荣，琐碎，心狠，不讲理，从里到外爱撒谎，就这来讲，（打他的额头）原谅我的直爽，一个怕老婆的哲学家，随你举一个好了，单一只麻雀也好干他十回！你看一眼这有诗意的小玩艺儿：一身洋纱，一

---

[1] 法文，夫人，我请你……

位天仙，你魂销魄散，看进她的灵魂——看见了一条平常的鳄鱼！（他抓住一只椅背；椅子响，裂了）可是顶恶心的还是这条鳄鱼，想歪了心，以为它的"杰作"，它的特权和专制，是它的柔情。家伙，你愿意的话，你可以把我倒挂在那钉子上头，可是你什么时候遇见过一个女人，除掉小狗狗以外，还能够爱别人的？她恋爱的时候，除掉流鼻涕，流口水以外，还能做得出什么来？就在一个男人难受，一趟一趟牺牲自己的时候，她的全份儿爱情表现在耍弄她的围巾，计算怎么样更牢牢实实钓住他的鼻子。你不幸是一个女人，你自己叫你知道女人的性格是什么。告诉我老实话，你可曾见过一个女人诚恳，忠心，有长性的？你没有！水性杨花，也就是老太婆忠心，有长性！你遇得见一只有犄角的猫，一只白山鹧，也看不到一个有长性的女人！

波波娃　那么，依你说，谁在爱情上忠心，有长性？是男人吗？

史米耳诺夫　对啦，是男人！

波波娃　男人！（苦笑）男人在爱情上忠心，有长性！亏你想得出！（激昂）你有什么权利讲这种话？男人忠心，有长性！我们现在谈到这上头，我也不妨告诉你，在过去跟现在我认识的男人当中，最好的男人是我丈夫……我热情地爱他，用我全个儿存在，也就是一个有思想的年轻女人能够这样爱，我呀，我把我的青春，我的幸福，我的生命，我的财产全给了他，我活在他的身体里，我膜拜他，就像自己是一个信邪教的，可是……可是怎么样？这位最好的男人寡廉鲜耻，走一步骗我一步！他死了以后，我从他的书桌找到一整抽屉的情书，他活着的时候——我想起来就难受！——他时时离开我，一回就好几个星期，跟别的女人恋爱，当着我的眼睛出卖我；他糟蹋我的钱，拿我的感情开玩笑……可是，再比这坏，我爱他，对他忠心……不但是这个，现在他死了，我依然对他的记忆忠心，有长性。我永远把自己关在这四堵墙里头，守服一直守到末一天……

史米耳诺夫 （蔑视地笑）守服！……我不明白，你把我当做什么？好像我不知道你为什么穿黑袍子，把自己埋在这四堵墙当中，我说了吧，我懂！这是那样神秘，那样富有诗意！有什么贵公子或者什么诗人走过你的窗户，他要想了："这儿活着神秘的塔玛辣[1]，为了爱她丈夫把自己埋在四堵墙当中。"我们懂得这些把戏！

波波娃 （爆发）什么？你怎么敢对我讲这些话？

史米耳诺夫 你把自己活埋了，可是你没有忘记往你脸上扑粉！

波波娃 你怎么敢那样对我讲话？

史米耳诺夫 别嚷嚷成不成，我不是你的管家！你必须允许我用原来名字叫原来东西。我不是一个女人，

---

[1] 俄国诗人莱蒙托夫作品《恶魔》中的女主人公。——编注

我想的话呀，我照直说惯了！你也别嚷嚷！

波波娃 嚷嚷的是你，不是我！请你离开我！

史米耳诺夫 给我钱，我就走。

波波娃 我才没有钱给你！

史米耳诺夫 噢，不成，你得给。

波波娃 我气你，偏偏一个制钱也不给。你离开我！

史米耳诺夫 我没有那种快乐做你丈夫，或者做你未婚夫，所以，请你别吵。（坐下）我不喜欢。

波波娃 （气噎住了）怎么，你坐下来啦？

史米耳诺夫 坐下来啦。

波波娃 我要你走！

史米耳诺夫 拿我的钱给我……（旁白）噢，我气死了！我气死了！

波波娃 我不要跟不要脸的流氓讲话！滚出去！（稍缓）你不走？真不走？

史米耳诺夫 不。

波波娃 不？

史米耳诺夫 不！

波波娃 那么，好吧！（按铃，鲁喀上）鲁喀，带这位先生出去！

鲁喀 （走到史米耳诺夫前面）先生，好不好请你出去，这边儿问你啦！你犯不上……

史米耳诺夫 （跳起）闭嘴！你在跟谁讲话？我把你剁个粉碎！

鲁喀 （捧住他的心）天哪！……什么样儿人！……（倒

入椅内）噢，我病了，我病了！我喘不出气！

波波娃 达夏在什么地方？达夏！（喊叫）达夏！巴来嘉！达夏！

　　　　［按铃。

鲁喀 噢！他们全出去拣果子……家里就没有人！我病了！水！

波波娃 好啦，出去。

史米耳诺夫 你就不能够再礼貌点儿啦？

波波娃 （握拳顿足）你是一只熊！一只野熊！一个波旁！一个妖怪！

史米耳诺夫 什么？你说什么？

波波娃 我说你是一只熊，一个妖怪！

史米耳诺夫 （走到她前面）我可不可以问你，你有什么权利侮辱我？

波波娃 假定我侮辱你，怎么样？你以为我还怕你？

史米耳诺夫 你真就以为你是一个有诗意的小玩艺儿，你就好侮辱我，不受惩罚？哎？我们决斗来解决！

鲁喀 老天爷！……什么样儿人！……水！

史米耳诺夫 手枪！

波波娃 你还以为我怕你，就因为你拳头大，喉咙像公牛一样粗？哎？波旁！

史米耳诺夫 我们决斗来解决！我不能够白白叫人侮辱，我也不管你是不是女人，是不是"娇滴滴的"！

波波娃 （试着打断他）熊！熊！熊！

史米耳诺夫 只有男人侮辱人才交代清楚，这种偏见也是我们该废除的时候了。家伙,你需要权利平等,你就权利平等。我们决斗来解决!

波波娃 拿手枪?好极了!

史米耳诺夫 马上。

波波娃 马上!我丈夫有手枪来的……我去拿来。(走,转回)把子弹打进你的厚脑袋壳,我才叫开心!鬼抓了你走!

　　[下。

史米耳诺夫 我会像提小鸡儿一样把她放倒了!我不是一个小孩子,也不是一个爱感伤的花花公子;我不管什么"娇滴滴"不"娇滴滴"。

鲁喀 慈悲的上帝!……(跪下)可怜可怜一个穷老头子,离开这儿好啦!你把她吓死了,现在你还要放枪打她!

史米耳诺夫 (不听他)她想打,好,那是权利平等,解放,新花样儿!男女这时平等了!我根据原则来放枪打她!可是,什么样儿女人哟!(摹仿她)"魔鬼带你走!把子弹打进你的厚脑袋壳。"哎?她的脸真红,脸蛋儿直发亮!……她接受我的挑战!家伙,我这一辈子还是头一回看见……

鲁喀 先生,走吧,我永远对上帝为你祷告!

史米耳诺夫 她是一个女人!我所能够了解的那类女人!一个真女人!不是一个怪脸儿的果子酱口袋,是火,火药,火筒子!我真还不忍心杀死她!

鲁喀 (哭)亲爱……亲爱的先生,离开这儿!

史米耳诺夫　我十分喜欢她！十分！虽说她有酒窝儿，我也喜欢她！我差不多想不要这笔账了……我的气也消了……出奇的女人！

　　　　［波波娃拿手枪上。

波波娃　这儿是手枪……不过，在我们决斗以前，你先得教我怎么样放枪。我手里头还从来没有拿过手枪。

鲁喀　噢，主，慈悲，救救她……我去找车夫跟花匠来……我们怎么会遭到这个……

　　　　［下。

史米耳诺夫　（检查手枪）你看，手枪有好些种类……有一种莫提麦耳手枪，专为决斗做的，好放雷管的。这些是司密斯和魏逊的连响手枪，三道机关，有拔出的家伙……是很好的货色。这一对起码要值九十卢布……你一定要这样拿手枪……（旁白）她的眼睛，她的眼睛！什么样启发灵感的女人！

波波娃　就像这样？

史米耳诺夫　是的，就像这样……然后你扳这个机子，这样瞄准……头靠后一点点！胳膊伸好……像这样……然后你拿手指按这个东西——就成啦。顶要紧的是冷静；往准里瞄……胳膊别跳动。

波波娃　很好……在房间里头开枪不方便，我们到花园儿去。

史米耳诺夫　那么去吧，不过我警告你，我朝天放枪。

波波娃　你太欺人了！为什么？

史米耳诺夫　因为……因为……那是我的事。

波波娃　你怕吗？是吗？啊！不成，先生，你撒不了手！你跟我来！我要是不在你的额头打一个窟窿，我就别想心平得下来……我恨极了那额头！你怕吗？

史米耳诺夫　是呀，我怕。

波波娃　你撒谎！你为什么不决斗？

史米耳诺夫　因为……因为你……因为我喜欢你。

波波娃　（笑）他喜欢我！他居然敢说他喜欢我！（指着门）那边是路。

史米耳诺夫　（静静地装手枪，拾起便帽，向门走去。他在这里停了半分钟，彼此静静地看了看，然后迟疑地走到波波娃跟前）听我讲……你还在生气吗？我也是腻得不想活了……不过，你明白……我怎么才能说出我的心思？……事实是，你看，是像这样的，好比说……（喊叫）好罢，我喜欢你，难道是我的过错？（他抓起一只椅背，椅子响，裂了）家伙，我直在毁你的家具！我喜欢你！你明白吗？我……我几乎爱你了！

波波娃　离开我——我恨你！

史米耳诺夫　上帝！什么样儿女人！我这一辈子没有见过一个像她这样的女人！我完啦！毁啦！跌进了捕鼠机，像一只老鼠！

波波娃　靠后站，不然，我放枪了！

史米耳诺夫　那么，放好了！你就不能够明白，死在那些美丽的眼睛前面，让那天鹅绒一样小手拿着的手枪打死，是什么样儿幸福……我简直丢魂失魄了！想想，马上就下决心，因为我一出去，我们就再也别想谁见得着谁了！现在，决定吧……我是一位地主，性情一向受人敬重，一年有一万收入……一个铜钱扔在空中，就在落下来的时候，我能够放一个子弹穿过去……我有好些骏马……你愿意做我太太吗？

波波娃　（恼怒地摇着她的手枪）决斗好啦！让我们出去！

史米耳诺夫　我疯了……我什么也不明白了……（嘶喊）来人！来人！

波波娃　（嘶喊）让我们出去，决斗！

史米耳诺夫　我头脑不清了，我像一个小孩子，像一个傻子着迷！（捉她的手，她由于疼喊叫）我爱你！（跪下）我爱你，我从前没这样爱过！我拒绝了十二个女人，九个女人拒绝了我，可是她们中间没有一个人我爱，像我今天爱你……我没有力气，我像蜡，我融化了……我站在这儿像一个傻子，把我的手献给你……难为情，真难为情！我有五年不恋爱了，我发过誓，现在就这么一下子我又着了迷，像一条出了水的鱼！我把我的手献给你。答应还是不答应？你不需要我？好极了！

　　〔站起，迅速走向门。

波波娃　站住。

史米耳诺夫　（站住）什么？

波波娃　没有什么,走开……不,站住……不,走开,走开!我恨你!不……别走开!噢,你要是知道我多生气,我多生气!(把手枪扔在桌上)为了这一切,我的手指头也肿了……(气得把她的手绢也撕了)你在等什么?滚开!

史米耳诺夫　再见。

波波娃　是的,是的,走开!……(嘶喊)你到什么地方去?站住……不,走开。噢,我真生气!别走近我,别走近我!

史米耳诺夫　(走到她前面)我真生我自己的气!我像一个学生在恋爱,我居然下跪……(粗声粗气)我爱你!我跟你恋爱图个什么?明天我得付利息,开始割草,这儿你……(拿胳膊围住她)我永远不会原谅我自己这个……

波波娃　离开我!拿开你的手!我恨你!决斗去!

〔一个延长的吻。鲁喀拿着一把斧,花匠拿着一把耙,车夫拿着一把干草叉,工人们拿着棍上。

鲁喀　(发现一对男女在亲吻)老天爷啊!

〔稍缓。

波波娃　(低着眼睛)鲁喀,告诉他们槽头上,陶毕今天没得荞麦吃。

——幕落

求 婚

人　物

史杰潘·史杰潘诺维奇·丘布考夫——一位地主。

娜塔里雅·史杰潘诺夫娜——丘布考夫的女儿，二十五岁。

伊万·瓦席里耶维奇·劳莫夫——丘布考夫的邻居，一位宽大、诚恳然而非常可疑的地主。

景：
丘布考夫的乡舍。
丘布考夫家的客厅。

劳莫夫进来，穿着礼服，戴着白手套。丘布考夫站起欢迎他。

丘布考夫　我亲爱的人，我看见谁啦！伊万·瓦席里耶维奇！我真高兴极啦！（紧握他的手）我的亲爱的，简直意想不到……你好呀？

劳莫夫　谢谢你。你这一向可好？

丘布考夫　我的天使，我们也就是那样好，谢谢你的祷告，还有什么的。请，坐下……现在，你知道，我的亲爱的，你可真不应该忘记你的邻居。我亲爱的人，你今天打扮得像来做客，怎么的啦？晚礼服，手套儿，还有什么的。我的宝贝人儿，你出门到什么地方去？

劳莫夫　不是的,我就是来看看你,尊敬的史杰潘·史杰潘诺维奇。

丘布考夫　那么,我的贵重人儿,你为什么穿晚礼服?活活像你辞岁来啦!

劳莫夫　可不,你看,是像这样的。(拿起他的胳膊)尊敬的史杰潘·史杰潘诺维奇,我来有事求你。我请你帮忙,成了专利了,也不止一次两次,你也常常,好比说……我必须请你原谅,我越来越心乱。我先喝点儿水,尊敬的史杰潘·史杰潘诺维奇。

〔饮水。

丘布考夫　(旁白)他借钱来了!一个钱也不给!(高声)我的漂亮人儿,是什么事?

劳莫夫　你看,昂勒·史杰潘尼奇……对不住,史杰潘·昂勒里奇……我是说,我心乱得不得了,你看得出来……总之,只有你能够帮我的忙,虽说我不配,当然啦……也没有任何权利求你帮忙……

丘布考夫　噢,亲爱的,你就别兜圈子啦!吐出来好了!怎么样?

劳莫夫　等一下……这就说。事情是,我来请求你的女儿,娜塔里雅·史杰潘诺夫娜,嫁给我。

丘布考夫　(大喜)好啊!伊万·瓦席里耶维奇!再说一遍——我还没有听全!

劳莫夫　我有幸请求……

丘布考夫　(打断)我亲爱的人……我真喜欢,还有什么的……是呀,真的,还有那类什么的。(拥吻劳莫夫）我盼了好久了，我一直就这么巴望。（流下一滴泪）我的天使，我一向就爱你，好像你是我的儿子。愿上帝爱你，也帮你的忙，还有什么的。我真还这样盼望……我这傻样儿算什么呀？我一高兴就失了张支，完全失了张支！噢，我的整个魂灵儿……我去喊娜塔霞来，还有什么的。

劳莫夫 （大为感动）尊敬的史杰潘·史杰潘诺维奇，你以为她会同意吗？

丘布考夫 那，当然了，我的亲爱的……好像她不会同意！她才叫爱你；真的，她像一只春天的猫，还有什么的……不会让你久等的！

〔下。

劳莫夫 真冷……我浑身在打哆嗦，就像我要进考场考试。顶重要的是，我必须有决心。要给我时间想，迟疑，说废话，追寻理想，或者真正的爱情，那我就永远结不了婚了……夫！……真冷！娜塔里雅·史杰潘诺夫娜是一个出名儿的女管家，不难看，也受过教育……我还指望什么？不过我这一急，耳朵直在叫唤。（饮水）我不结婚也不成……第一，我已经三十五岁了——譬方说，一种危险的年龄。第二，我应当过一种安静有规律的生活……我有心跳的毛病，容易受刺激，一来就心慌……就说眼前吧，我的嘴唇就在打哆嗦，我的右眉毛就在扭动……可是顶顶坏的还是我睡觉的式样。我一上床，困着了，马上我的左边就有什么东西——那么一抽抽，我觉得它就在我的肩膀跟我的脑袋壳里头……我跳了起来，像一个疯子，溜达半天，回来再躺下，不过，我一要困着了，马上就又是一抽抽！一连二十回……

[娜塔里雅·史杰潘诺夫娜上。

娜塔里雅 好啊，看！是你，爸爸说："去，那儿有个生意人来买货物。"你好啊，伊万·瓦席里耶维奇！

劳莫夫 你好啊，尊敬的娜塔里雅·史杰潘诺夫娜！

娜塔里雅 你别见怪我穿围裙，Négligé[1]……我们在剥豆皮往干里晒。你怎么许久不到这儿来啦？坐下……（他们坐下）要不要来点儿点心？

劳莫夫 不啦，谢谢你，我已经用过了。

娜塔里雅 那么，抽抽烟吧……这儿是火柴……现在天气是真好，不过，昨天就那么湿，工人们一整天没有做活。你堆起了多少干草？想想看，我觉得贪心得不得了，割了整整一田的草，现在我可一点儿也不开心，因为我怕我的草烂掉。我应当多等一等就好了。可是，这是怎么回事？什么，你穿着晚礼服！好，我做梦也想不到！你是去跳舞会，还是别的什么地方？——我猜你去的地方一定还要好……告诉我，你这样打扮干什么？

劳莫夫 （心慌意乱）你看，尊敬的娜塔里雅·史杰潘诺夫娜……事情是我打定了主意请你听我……当然了，你会吓一跳，也许还要生气，不过……（旁白）冷

---

1 法文，随便。

得怕人!

娜塔里雅 怎么的啦?(稍缓)怎么样?

劳莫夫 我想法子把话说短。你一定知道,尊敬的娜塔里雅·史杰潘诺夫娜,我从做小孩子起,说实话,老早就有特权和你们家熟识。我过世的姨妈跟她丈夫,你知道,我承受的就是他们的财产,一向对你父亲跟你过世的母亲尊敬到了万分。劳莫夫跟丘布考夫两姓一向就友情最好,我简直可以说,彼此异常关切。你知道,我的地跟你的地是近邻。你一定记得我的老牛草地连着你的桦木林子。

娜塔里雅 对不住,我打断你的话。你说"我的老牛草地"……那是你的吗?

劳莫夫 是呀,我的。

娜塔里雅 你说什么呀?老牛草地是我们的,不是你们的!

劳莫夫 不对,我的,尊敬的娜塔里雅·史杰潘诺夫娜。

娜塔里雅 可我从来没有听说过。你怎么可以这么讲?

劳莫夫 怎么?我说的是那老牛草地,夹在你的桦木林子跟烧塘当中的。

娜塔里雅 是呀,是呀……那是我们的。

劳莫夫 不对,你弄错了,尊敬的娜塔里雅·史杰潘诺夫娜,那是我的。

娜塔里雅 你倒想想看,伊万·瓦席里耶维奇!那多久是你的?

劳莫夫 多久?打我记得的那天起就是。

娜塔里雅 别瞎掰了,你也好叫我信这个!

劳莫夫 可是你看文件就知道了,尊敬的娜塔里雅·史杰潘诺夫娜。不错,老牛草地有一时是争论的原因,不过现在,人人知道那是我的。没有什么理好讲了。你看,我姨妈的祖母拿这块草地送给你父亲的祖父的农夫永久自由使用,为了报答她的好意,他们帮她做砖。你父亲的祖父的那些农夫自由使用草地,使用了四十年,成了习惯,当做他们自己的了,后来发生……

娜塔里雅 不对,不是那样子的!我的祖父跟我的曾祖父一直认为他们的田地打烧塘往外伸——那就是说,老牛草地是我们的。我看不出这有什么理好讲。简直是胡闹!

劳莫夫 我有文件给你看,娜塔里雅·史杰潘诺夫娜!

娜塔里雅 不对,你简直在说笑,要不然呀,就是在拿我开玩笑……多邪门儿!那块地我们有了快三百年了,忽然人家告诉我们,不是我们的!伊万·瓦席里耶维奇,我简直信不过我自己的耳朵……这些草地我一点看不上眼。也就是五代席阿亭,或许值三百卢布,不过,我受不了不公道。你爱怎么讲就怎么讲,可是我呀,我受不了不公道。

劳莫夫 我求你了,听我把话讲完!你父亲的祖父的农夫,我方才已经有光荣向你解释,常常为我姨妈的祖母烧砖。所以,我姨妈的祖母,希望帮他们一桩好……

娜塔里雅　什么姨妈呀，祖父呀，祖母呀，我就别想搞得清楚。一句话，草地是我们的，完了。

劳莫夫　我的。

娜塔里雅　我们的！你可以一连两天去证明，你可以穿十五套礼服串门子，不过我告诉你呀，那是我们的，我们的，我们的！你家的东西我不要，我也不要把我家的东西给人。就是这个话！

劳莫夫　娜塔里雅·史杰潘诺夫娜，我不要那草地，不过，我照原则做事。你高兴的话，我送你。

娜塔里雅　我自己可以送你，因为那是我的！伊万·瓦席里耶维奇，你的行为，干脆讲了吧，真叫出奇！在这以前，我们总以为你是一个好邻居，一位朋友：去年我们借你我们的打麦机，虽说那么一来，我们自己不得不延到十一月打麦子；可是你现在对我们的行为，就像我们是吉卜赛。把我自己的地给我，好说！不，说真话，做邻居也没有这样做的！就我看来，简直是不要脸皮，你要是愿意听的话……

劳莫夫　那么，你认为我霸占了你家的地？小姐，我这一辈子没有霸占过任何人的地，我也不许任何人说我霸占人家的地……（迅速走向水瓶，饮水）老牛草地是我的！

娜塔里雅　不对，是我们的！

劳莫夫　我的！

娜塔里雅　不对！我有证据！我今天就叫人到草地割草去！

劳莫夫　什么?

娜塔里雅　今天我就叫人割草去!

劳莫夫　我扭掉他们的脖子!

娜塔里雅　你敢!

劳莫夫　(捧住他的心)老牛草地是我的!你明白吗?我的!

娜塔里雅　请别嚷嚷!你在你家嚷哑了嗓子由你,可是这儿呀,我必须要请你收敛收敛自己!

劳莫夫　小姐,要不是为了心跳得厉害,疼得难受,要不是我里头翻了过儿,我会换一个样子跟你讲话!(嘶喊)老牛草地是我的!

娜塔里雅　我们的!

劳莫夫　我的!

娜塔里雅　我们的!

劳莫夫　我的!

　　〔丘布考夫上。

丘布考夫　什么事?你们嚷嚷什么?

娜塔里雅　爸爸,请告诉这位先生,老牛草地是谁家的,我们的,还是他的?

丘布考夫　(向劳莫夫)亲爱的,草地是我们的!

劳莫夫　不过,我说,史杰潘·史杰潘尼奇,那怎么能是你们的?你也得讲理呀!我姨妈的祖母把草地暂时送给你祖父的农夫自由使用。农夫用地用了四十年,成了习惯,以为是他们自己的,后来发生……

丘布考夫　对不住,我的贵重人儿……你单单忘记了这个，农人没有交过你祖母租钱，还有什么的，因为大家在争这块草地，还有什么的。现在，人人知道这是我们的了。那就是说，你没有看到图样。

劳莫夫 我有证据给你看，那是我的！

丘布考夫 我的亲爱的，你拿不出证据。

劳莫夫 我有！

丘布考夫 亲爱的人，干吗那样叫唤？你再叫唤也证明不了什么。你的东西我不要，我的东西也没有意思送人。我凭什么送人？你知道，我的亲爱的，你要是提议讲理的话，我宁可把草地给农人，也不给你。我就是这话！

劳莫夫 我不明白！你有什么权力拿别人的产业送人？

丘布考夫 你听着好了，我知道我有没有权力。因为，年轻人，我听不惯那种对我讲话的声调，还有什么的。我，年轻人，大你两倍，请你对我讲话要心平气静，还有什么的。

劳莫夫 不成，你以为我是傻瓜，由着你要！你把我的地叫做你的，然后你指望我平心静气，恭恭敬敬，对你讲话！好邻居不这样做的，史杰潘·史杰潘尼奇！你不是一个邻居，倒是一个强盗！

丘布考夫 什么？你说什么？

娜塔里雅 爸爸，马上就叫人到草地去割草！

丘布考夫 先生，你说什么？

娜塔里雅 老牛草地是我们的，我不给人，不给人，不给人！

劳莫夫　看好了,我告到法庭,那时候我会让你明白的!

丘布考夫　法庭?你会告到法庭的,还有什么的!你会的!我知道你;你正在找一个机会跟人打官司,还有什么的……你吃官司饭的!你一家子人全喜欢那个!没有一个不!

劳莫夫　我一家子人不劳你操心!劳莫夫一姓全是规矩人,没有一个为了偷东西吃官司,跟你祖父一样!

丘布考夫　你们姓劳莫夫的一家人害疯癫症,全家人害!

娜塔里雅　全家,全家,全家!

丘布考夫　你的祖父是一个酒鬼,你的小姑妈,娜丝泰西雅·米哈伊洛娜夫,跟一个工程师跑掉,还有什么的……

劳莫夫　还有你的母亲是驼背。(捧住他的心)我这一边有东西抽抽……我的头……救命!水!

丘布考夫　你的祖父是酒鬼、赌鬼!

娜塔里雅　还有背后说坏话,谁也比不上你的姨妈!

劳莫夫　我的左脚麻木了……你是一个阴谋家……噢,我的心!……这是一个公开的秘密,前几回选举你买……我看见星星……我的帽子在哪儿?

娜塔里雅　下贱!不老实!卑鄙!

丘布考夫　你自己就是一个存心不良,阴阳脸的阴谋家!是的!

劳莫夫　这儿是我的帽子……我的心!……哪边是路?门在哪儿?噢!……我怕我是要死了……我的脚简

90

直麻木不灵了……

　　　　　　［走向门。

丘布考夫　（随着他）别再踏进我的门！

娜塔里雅　打官司好了！看谁输！

　　　　　　［劳莫夫蹒跚而下。

丘布考夫　鬼抓了他去！

　　　　　　［忿忿然，走来走去。

娜塔里雅　什么样儿流氓！这样一来，谁还能够相信自己的邻居！

丘布考夫　恶棍！草扎人儿！

娜塔里雅　妖怪！先拿走我们的地，末了居然老起脸皮来骂我们。

丘布考夫　还有，这瞎眼的老母鸡，是呀，这萝卜鬼，居然涎着脸来议婚，还有什么的！什么？议婚！

娜塔里雅　什么议婚？

丘布考夫　是呀，他到这儿冲你求婚来啦。

娜塔里雅　求婚？冲我？你为什么不早告诉我？

丘布考夫　所以他才穿了晚礼服呀。塞满的香肠！瘦脸的丑婆子！

娜塔里雅　冲我求婚？啊！（倒进一只扶手椅，哭）喊他回来！回来！啊！请他这儿来！

丘布考夫　请谁这儿来？

娜塔里雅　快，快呀！我病啦！叫他来呀！

　　　　　　［歇斯底里。

丘布考夫　什么事？你怎么的啦？（挠头）噢，我这不幸的人！我要打死自己！我要吊死自己！她把人折磨死！

娜塔里雅 我要死啦！叫他来呀！

丘布考夫 夫！这就去。别嚷嚷！

　　　［跑下。稍缓。娜塔里雅哭泣。

娜塔里雅 他们活活害了我！叫他回来呀！叫他来呀！

　　　［稍缓。丘布考夫跑上。

丘布考夫 他来了，还有什么的，鬼抓了他去！噢！你自己同他讲吧，我可不要……

娜塔里雅 （哭泣）叫他来呀！

丘布考夫 （嘶喊）他来了我告诉你。噢，主，姑娘长大了，这父亲可真不好当呀！我要割我的喉咙！真的，我会的！我们咒他，我们骂他，赶他走，现在你又……你！

娜塔里雅 不对，全是你！

丘布考夫 我告诉你，那不是我的过错。（劳莫夫在门口出现）现在你自己同他讲吧。

　　　［下。

　　　［劳莫夫上，疲乏透顶。

劳莫夫 我心跳得才叫怕人……我的脚麻木了……我这一边儿一直有东西抽抽……

娜塔里雅 原谅我，伊万·瓦席里耶维奇，我们全有点儿过火……我现在想起来了：老牛草地的确是你的。

劳莫夫 我的心才叫跳得怕人……我的草地……我的眼眉毛全在扭动……

娜塔里雅 草地是你的,是呀,你的……请坐……(他们坐下)我们全错了……

劳莫夫 我方才是照原则做事……我的地对我并不值钱,不过原则……

娜塔里雅 是呀,原则,就是呀……现在,我们谈谈别的。

劳莫夫 我有凭据,所以就更得认真了。我姨妈的祖母把地送给你父亲的祖父的农人……

娜塔里雅 是呀,是呀,不必提了……(旁白)我希望我有法儿让他开口……(高声)你这就快要打猎去吗?

劳莫夫 我想过了收成,尊敬的娜塔里雅·史杰潘诺夫娜,去打松鸡。噢,你听说了没有?想想看,我倒霉到什么程度!我的狗盖斯,你知道的,瘸了。

娜塔里雅 真可惜!怎么来的?

劳莫夫 我不知道……一定是扭了筋,要不就是叫别的狗咬了……(叹息)我的最好的狗,还不说买的价钱。买它的时候我给了米罗诺夫一百二十五卢布。

娜塔里雅 给的也太多了,伊万·瓦席里耶维奇。

劳莫夫 我以为是很便宜的。它是头等狗。

娜塔里雅 爸爸买他的史奎色,花了八十五卢布。史奎色可比盖斯好得多了!

劳莫夫 史奎色比盖斯好?亏你这么想的!(笑)史奎色比盖斯好!

娜塔里雅 当然比盖斯好!当然啦,史奎色年轻,可以再大着点儿,可是就优点和家谱来讲,它比什么狗都好，就是渥尔切来磁基的那条狗也不成。

劳莫夫 对不住，娜塔里雅·史杰潘诺夫娜，可是你忘记它上嘴唇比下嘴唇长啦，上嘴唇比下嘴唇长，表示它是一条坏猎狗！

娜塔里雅 上嘴唇比下嘴唇长，它？我还是头一回听见！

劳莫夫 我告诉你，它的下嘴唇的确比上嘴唇短。

娜塔里雅 你量过来着？

劳莫夫 是的。当然啦，让它追是可以的，不过你要是叫它逮东西……

娜塔里雅 第一，我们的史奎色是一个纯种，哈耳米斯和切塞耳斯的儿子，可是你的狗根本就甭想有家谱……又老又丑，就像累透了的拉街车的马。

劳莫夫 它是老，可是五条史奎色换它一条，我也不干……是呀，那怎么成？……盖斯是一条狗；至于史奎色，可不，太可笑了，不值得争执……随便你说什么人吧，也有一条狗像史奎色那样好……差不多每堆小树底下，你都找得到。买它呀，二十五卢布就是大价钱了。

娜塔里雅 伊万·瓦席里耶维奇，你今天怎么的了，一个劲儿驳人，鬼附身了。你先以为草地是你的，现在是盖斯又比史奎色好。我不喜欢人不说自己要说的话，因为你完全知道，史奎色一百倍比你那条蠢狗好。你为什么偏要说不呢？

劳莫夫 我看，娜塔里雅·史杰潘诺夫娜，你把我当做瞎子，或者当做疯子。你自己明白，史奎色的上嘴唇长！

娜塔里雅 不对。

劳莫夫 是的。

娜塔里雅 不对！

劳莫夫 小姐，你嚷嚷什么？

娜塔里雅 尽说蠢话干什么？成什么体统！你的盖斯上嘴唇不长，所以呀，你才拿来跟史奎色比！

劳莫夫 对不住；我不能够继续讨论下去了，我的心在跳。

娜塔里雅 我反正看出来了，越懂得少的猎户越争得厉害。

劳莫夫 小姐，请你静着点儿……我的心快要裂开了……（嘶叫）住嘴！

娜塔里雅 要我住嘴呀，除非你承认史奎色一百倍比你的盖斯好！

劳莫夫 一百倍坏！吊死你的史奎色！它的头……眼睛……肩膀……

娜塔里雅 你那条蠢狗倒用不着吊死；它已经有一半是死的了！

劳莫夫 （哭）住嘴！我的心在裂开！

娜塔里雅 我偏不。

〔丘布考夫上。

丘布考夫 现在又怎么回事？

娜塔里雅 爸爸，告诉我们真话，哪条狗顶好，是我们的史奎色，还是他的盖斯。

劳莫夫　史杰潘·史杰潘诺维奇，我只请你告诉我一件事：你的史奎色是不是上嘴唇长？是还是不？

丘布考夫　就算是，又怎么样？那有什么关系？就算上嘴唇长，也是区里最好的狗，还有什么的。

劳莫夫　可是我的盖斯是不是更好？说真话，是不是？

丘布考夫　我的贵重人儿，别发急……让我把话说完……当然了，你的盖斯有它的优点……种纯，脚劲儿足，肋骨饱满，还有什么的。不过，我亲爱的人！你要是愿意知道真话呀，那条狗有两个缺点：年纪大，嘴短。

劳莫夫　对不住，我的心……让我们就事实看……你总该记得，在马鲁辛司基打猎，我的盖斯跟伯爵的狗平着跑，可是你的史奎色，落在整整一维耳司特后头。

丘布考夫　它落在后头，因为伯爵的管狗的拿鞭子抽它。

劳莫夫　抽也有抽的道理。狗在追一只狐狸，可是史奎色呀，去跟一只羊闹。

丘布考夫　不对！……我亲爱的人，我这人顶容易冒火，所以，就为了这关系，我们不必谈下去了。你有道理，因为人总是妒忌别人的狗的。是的，我们全是这样子！先生，你也不是没有错处！你就不看看，有的是狗比你的盖斯好，比你说的这个，那个……还有别的……还有什么的……我样样记得！

劳莫夫　我也记得！

丘布考夫　（激他）我也记得……你记点子什么？

劳莫夫　我的心……我的脚麻木了……我不能够……

娜塔里雅　（激）我的心……你算哪一类打猎的呀？你应该躺到厨房的灶头，捉捉蟑螂，不去打狐狸！我的心！

丘布考夫　是呀，真的，你倒说呀，你算哪一类打猎的？你真应该在家里守着你的心跳，不去追野兽。你可以打猎，可是你就会跟人争执，管人家的狗，还有什么的。我们换别的话谈吧，免得我光火。干脆，你就算不上一个打猎的！

劳莫夫　你算得上一个打猎的？你去打猎就是为了凑近伯爵，使阴谋……噢，我的心！……你是一个阴谋家！

丘布考夫　什么？我是一个阴谋家？（嘶叫）住嘴！

劳莫夫　阴谋家！

丘布考夫　毛孩子！小狗！

劳莫夫　老耗子！假正经！

丘布考夫　住嘴，要不呀，我枪毙你像枪毙一只鹧鸪！傻东西！

劳莫夫　人人知道——噢，我的心！——你过世的女人尽打你……我的脚……太阳穴……发亮……我倒，我倒啦！

丘布考夫　你自己呀，尝够了你的管家的拖鞋！

劳莫夫　这儿，这儿，这儿……我的心炸啦！我的肩膀脱啦……我的肩膀在哪儿？……我死啦。（倒进一只扶手椅）一个医生！

97

〔晕过去了。

丘布考夫 毛孩子！小胆子！傻东西！我病啦！（饮水）病啦！

娜塔里雅 你算得了一个什么打猎的？你连马背都坐不稳！（向她的父亲）爸爸，他怎么的啦？爸爸！看呀，爸爸！（呼喊）伊万·瓦席里耶维奇！他死啦！

丘布考夫 我病啦……我喘不出气……空气！

娜塔里雅 他死啦。（拉劳莫夫的袖管）伊万·瓦席里耶维奇！伊万·瓦席里耶维奇！看你把我害成什么样啦？他死啦。（倒进一只扶手椅）一个医生，一个医生！

〔歇斯底里。

丘布考夫 噢！……什么事？怎么的啦？

娜塔里雅 （哭泣）他死啦……死啦！

丘布考夫 谁死啦？（看着劳莫夫）是他呀！我的妈！水！一个医生！（举起一只杯子，凑近劳莫夫的嘴）喝掉这个！……不成，他不喝……这是说，他是死啦，还有什么的……我是顶不幸的人了！我为什么不拿枪打死自己？我为什么不抹脖子？我还等着什么？给我一把刀子！给我一把手枪！（劳莫夫有了动静）他像活过来了……喝点水！这就对喽……

劳莫夫 我看见星星……雾……我在什么地方？

丘布考夫 快点儿结婚拉倒——家伙，鬼跟着你！她愿意嫁你！（他把劳莫夫的手放进他女儿的手）她愿意嫁你，还有什么的。我祝福你们，还有什么的。我只求你们给我安静!

劳莫夫 （站起）哎?什么?跟谁?

丘布考夫 她愿意!怎么样?亲亲,死不掉的!

娜塔里雅 （哭泣）他活啦……是的,是的,我愿意……

丘布考夫 两个人亲亲吧!

劳莫夫 哎?亲谁?（他们相吻）真甜,可不。对不住,这为什么?噢,我明白过来了……我的心……星星……我快活。娜塔里雅·史杰潘诺夫娜……（吻她的手）我的脚麻木了……

娜塔里雅 我……我也快活……

丘布考夫 我的肩膀可算轻了……噢!

娜塔里雅 不过……你现在该承认了,盖斯比史奎色坏。

劳莫夫 好!

娜塔里雅 坏!

丘布考夫 好呀,这是一个开始你们家庭的幸福的方法!喝点儿香槟!

劳莫夫 好!

娜塔里雅 坏!坏!坏!

丘布考夫 （试想把她比下去）香槟!香槟!

——幕落

塔杰雅娜·雷宾娜

人　物

薇娜·奥兰林娜夫人——新娘子。

彼得·莎毕宁——新郎。

柯杰里尼柯夫 ⎫
伏耳金——一位年轻军官 ⎭ 男家傧相。

学生 ⎫
皇家检察官 ⎭ 女家傧相。

马特维耶夫——演员。

巴特隆尼柯夫。

柯柯希金夫人。

柯柯希金先生。

松能希坦。

一位年轻妇人。

一位穿黑衣服的妇人。

男女演员。

伊万神父——礼拜堂的大牧师，七十岁。

尼古拉神父 ⎫
阿历克塞神父 ⎭ 年轻牧师。

一位教堂管事。

一位助理。

库兹玛——司杖。

时间：

黄昏，六点钟敲过不久。礼拜堂。烛光全部

燃起。正对圣坛的几座大门敞开。两个合唱班——大主教的和礼拜堂的——全在。教堂里面全是人。挤到气也出不来。一个结婚典礼正在进行。莎毕宁娶奥兰林娜夫人。莎毕宁的傧相是柯杰里尼柯夫和伏耳金;奥兰林娜夫人的傧相是她的兄弟,一个学生,和皇家检察官。当地的知识阶层全体出席。衣着入时。司仪的教士是:伊万神父,披着一件褪色的白袍;尼古拉神父,年轻而须发蓬茸;阿历克塞神父,戴着深颜色眼镜;高而瘦的管事,捧着一本书,站在他们后面,伊万神父的右手。人群之中有本地的剧团,领头是马特维耶夫。

伊万神父 (读着)愿上帝记住他们的父母,是他们把他们教养成人:因为由于父母赐福,这才扎下房屋的基础。愿主记住您的仆人男女傧相,他们一同来到这里做成这件喜事。愿主我们的上帝,记住您的仆人彼得和您的侍婢薇娜,并且赐他们福。应许他们生儿养女,有好的后裔,灵魂与身体一致;提高他们像黎巴嫩的杉树,像一架果实累累的葡萄。应许他们富有,让他们一切够用,他们就会做好您所喜欢的件件良好的工作和件件事;让他们看见他们的儿子们的儿子们,像年轻的橄榄树环绕他们的桌子;而且在您眼前得到欢喜,他们就会熠耀像星宿在天上,在您——我们的主的身体。让光荣,权力,名誉和崇拜属于你，现在，永远，无边无涯。

大主教的合唱班 （歌唱）阿门！

巴特隆尼柯夫 真气闷。松能希坦先生，你的脖子戴的是什么勋章？

松能希坦 比利时的。这儿为什么这么多人？谁放他们进来的？家伙！简直是洗俄罗斯蒸汽澡。

巴特隆尼柯夫 是那个混账巡警。

管事 让我们祈祷上帝！

礼拜堂的合唱班 （歌唱）愿主慈悲！

尼古拉神父 （读着）上帝从前用土造成男人，再用他的肋骨造成女人，让她成为他的伴当，因为上帝不喜欢男人独自活在地上，所以如今，愿主从您的居所伸下您的手，把您的仆人彼得和您的侍婢薇娜连合在一起，因为由于您，女人才和男人结合起来。让他们连成一心，合成一体，应许他们生儿养女，把儿女贤孝的欢悦赐给他们。因为权力属于您，王国、能力和光荣属于您，天父、圣子和圣灵，现在，永远，无边无涯。

礼拜堂的合唱班 （歌唱）阿门！

年轻妇人 （向松能希坦）王冠马上就要放到新娘子、新郎官的头上了，看呀，看呀！

伊万神父 （从圣坛拿起王冠，把脸转向莎毕宁）彼得，上帝的仆人，以天父、圣子、圣灵的名，娶薇娜，上帝的侍婢。阿门。

〔他把王冠递给柯杰里尼柯夫。

群众　男家傧相跟新郎官恰好一样高。这人没有意思。他是谁?

是柯杰里尼柯夫。另一个男家傧相,那位军官,也很没有意思。

先生们,对不住,让这位太太过去。

太太,我怕你没有法子走过去!

伊万神父　(转向奥兰林娜夫人)薇娜,上帝的侍婢,以天父、圣子和圣灵的名,嫁给彼得,上帝的仆人。

〔他把王冠递给那位学生。

柯杰里尼柯夫　王冠够重的。我的手在发麻。

伏耳金　没有关系,就该轮到我了。我倒想知道,谁在这儿有巴树[1]味道!

皇家检察官　是柯杰里尼柯夫。

柯杰里尼柯夫　你瞎扯。

伏耳金　嘘!

伊万神父　主,我们上帝,让光荣和名誉做他们的王冠!主,我们上帝,让光荣和名誉做他们的王冠!主,我们上帝,让光荣和名誉做他们的王冠!

柯柯希金夫人　(向她的丈夫)现在瞧薇娜有多好看呀!我真羡慕她。她一点儿也不心慌。

柯柯希金先生　她惯了。她这是第二回干这个!

柯柯希金夫人　是呀,可不是么。(叹息)我诚心诚意希

---

[1] 巴树(patchouli):产在亚洲热带的一种植物,从枝叶提出香油,凝成樟脑一样的东西。

望她快活！……她这人心眼儿蛮好。

助理 （来到教堂的中央）您已在他们头上戴好宝石王冠。他们问您要生命，您已赐给他们。

大主教的合唱班 （歌唱）您已在他们的头上……

巴特隆尼柯夫 我希望我现在可以吸烟。

助理 使徒保罗的语录。

管事 大家听好。

助理 （属于一种悠长的第八音）凡事要奉我们主、耶稣基督的名，常常感谢父、上帝。又当存敬畏上帝的心，互相依顺，你们做妻子的，当依顺自己的丈夫，如同依顺上帝。因为丈夫是妻子的头，如同基督是教会的头：他是教会全体的救主。教会怎样依顺基督，妻子也要怎样凡事依顺丈夫……

莎毕宁 （向柯杰里尼柯夫）你在拿王冠压我的头。

柯杰里尼柯夫 没有，我没有压你。我举着王冠，离你的头有七英寸高。

莎毕宁 我告诉你，你是在压我的头。

助理 你们做丈夫的，要爱你们的妻子，正如基督爱教会。为教会舍弃自己；他要用水借着道把教会洗净，成为圣洁；他要献给自己一个荣耀的教会，不带玷污皱纹一类的毛病；而是应当圣洁，没有瑕疵……

伏耳金 他是一个很好的低音……（向柯杰里尼柯夫）你现在要不要我来举？

柯杰里尼柯夫 我还不累。

助理　所以丈夫应当爱他们的妻子,如同爱自己的身子。爱妻子便是爱自己了。从来没有人恨自己的身子,总是保养顾惜,正像基督对待教会一样:因为我们是他身体的四肢,他的肉,他的骨。为了这个缘故,一个人离开他的父母……

莎毕宁　(向柯杰里尼柯夫)把王冠再举高些。你在压我。

柯杰里尼柯夫　瞎掰!

助理　与妻子连合,二人成为一体。

柯柯希金先生　总督在这儿。

柯柯希金夫人　你看见他在那儿?

柯柯希金先生　在那边,靠近右翼,和阿耳土柯夫先生站在一起。便装,怕人认识。

柯柯希金夫人　我看见,我现在看见了。他在跟小玛丽·汉森讲话。他爱疯了她。

助理　这是一个大秘密:我指基督和教会而言。无论如何,你们各人应当爱妻子,如同爱自己一样,同时妻子也要敬畏自己的丈夫。[1]

礼拜堂的合唱班　(歌唱)哈利路亚[2],哈利路亚,哈利路亚……

群众　娜塔里·塞耳格耶夫娜,你听见了没有?妻子……别烦我。

1　见《新约·以弗所书》第五章。
2　原译"阿来路伊阿",现改通译。——编注

嘘！安静！

助理 大家听福音。

伊万神父 愿大家和平！

礼拜堂的合唱班 （歌唱）愿您的精神和平。

群众 他们在念《福音》，《新约》……真是太长了！他们也好念完了。

我出不来气。我必须走开。

你穿不过去。等等，一会儿工夫就完了。

伊万神父 读的是《约翰福音》。

助理 大家听好。

伊万神父 （脱下袍子以后）当时在加利利的迦拿有娶亲的筵席，耶稣的母亲在那里，耶稣和他的门徒也被请去赴席。酒用尽了，耶稣的母亲对他说：他们没有酒了。耶稣说：妇人，我与你有什么相干？我的时候还没有到……

莎毕宁 （向柯杰里尼柯夫）是不是马上就完？

柯杰里尼柯夫 我不知道。我对这种事不在行。不过，也许就快完了罢。

伏耳金 你还得围着圣坛转一匝才算数。

伊万神父 他母亲对用人说：他告诉你们做什么，你们就做什么。照犹太人洁净的规矩，有六口石缸摆在那里，每口可以盛两三桶水。耶稣对用人说：把缸倒满了水。他们就倒满了，直到缸口。耶稣又说，现在可以舀出来，送给管筵席的……

[传来一声呻吟。

伏耳金 Qu'est-ce que c'est？[1] 有谁让压倒了吗？

群众 嘘！安静！

　　　　［一声呻吟。

伊万神父 他们就送了去。管筵席的尝了尝那水变的酒，不知道是哪里来的，只有舀水的用人知道。管筵席的便叫新郎来，对他说……

莎毕宁 （向柯杰里尼柯夫）谁方才在哼唧？

柯杰里尼柯夫 （望着群众）那边有人在动……一位穿黑衣服的妇人……她也许在闹病……他们把她带出去了……

莎毕宁 （望着群众）把王冠再举高点儿……

伊万神父 人都是先摆上好酒，等客喝足了，才摆上次的，你倒把好酒留到如今。这是耶稣在加利利的迦拿行的头一件神迹，显出他的荣耀，他的门徒信服他……[2]

群众 我不明白他们为什么放有神经病的女人们进来！

大主教的合唱班 （歌唱）荣耀归于主，荣耀归于主！

巴特隆尼柯夫 松能希坦先生，别嗡嗡跟个大马蜂一样，也别拿背朝着圣坛。还没有完。

松能希坦 是那年轻女人跟个马蜂一样在嗡嗡，不是我……哈哈哈！

助理 让我们大家用全部灵魂来讲，用全部心灵

1　法文，什么事？
2　见《约翰福音》第二章。

来讲……

礼拜堂的合唱班 （歌唱）愿主慈悲。

　　　[管事读着长的祷告,同时发生下面的谈话。[1]

群众　嘘！安静！

　　不过我也是叫人挤的！

合唱班　（歌唱）愿主慈悲！

群众　嘘嘘！

　　谁晕过去了？

　　　[一声呻吟。群众之中起了骚动。

柯柯希金夫人　（向邻近的夫人）什么事？你看，亲爱的，简直受不了，他们只要把门打开也就好了……我热死了。

群众　把她领出去了，可是她偏不肯……她是谁？——嘘！

莎毕宁　噢，我的上帝……

群众　昨天，在欧罗巴旅馆，一个女人服毒自尽了。

　　是呀，他们讲，她是一个医生的太太。

　　她为什么寻死，你知道吗？

伏耳金　我听见有人在哭……看热闹的人可真不识体面。

马特维耶夫　合唱班今天唱得不坏。

喜剧演员　萨哈耳·伊里齐,你我应当把这些合唱班雇下来才是！

---

[1] 稿本有祷告文，发表时被剧作者的兄弟删掉。

马特维耶夫 什么脸蛋儿呀,你这畜牲脸!(笑)嘘!

群众 是呀,他们讲,她是一个医生的太太……在旅馆……

有雷宾娜小姐做好榜样,现在这是第四个女人服毒了。

亲爱的,解释给我听,服毒服毒,到了儿有什么意义?

这是传染病。没有什么。

你的意思是,一种摹仿?

自杀传染的!

现下有精神病的女人可真多!

安静!别乱走动!

请别嚷嚷!

雷宾娜小姐一死,把毒传给空气。所有女人受到传染,想到伤心处,全疯了。

就是在教堂里头,空气也中毒了。你觉不出这儿有多紧张吗?

〔管事同时读完祷告。

大主教的合唱班 (歌唱)愿主慈悲!

伊万神父 因为您是仁慈的上帝,爱人类,所以我们把光荣归与天父、圣子和圣灵,现在,永远,无边无疆。

合唱班 (歌唱)阿门!

莎毕宁 我说,柯杰里尼柯夫!

柯杰里尼柯夫 什么事?

莎毕宁 现在……噢,伟大的上帝!……塔杰雅娜·雷宾娜在这儿……她在这儿……

柯杰里尼柯夫 你疯啦!

莎毕宁 穿黑衣服的妇人……就是她。我认得出来是她……我看见她……

柯杰里尼柯夫 世上没有人相貌一样的……除非她也是一头的褐色头发,那就奇了。

管事 大家求主怜悯!

柯杰里尼柯夫 别跟我交头接耳,还没有完。人在望你……

莎毕宁 为上帝的爱……我简直站不直了。那是她。

〔一声呻吟。

合唱班 (歌唱)愿主慈悲!

群众 安静!嘘!谁打后头推人?嘘!

他们把她领到柱子后头去了……

随你到什么地方,丢不开那些女人……她们为什么不在家里待着?

一位看客 (嚷着)你们放安静!

伊万神父 (读着)主、我们上帝,您曾施展法力,在加利利的迦拿……(向四围看)人真多!(继续读着)以您的出现,应许婚姻得有荣誉(提高声音)……我求你们,大家在那边保持安静!你们妨害我们完成典礼。别在教堂转悠,别谈话,别吵闹,好好儿站着祷告,这样才好!你们应当在心里畏惧上帝。(读下去)主、我们的上帝,您曾施展法力,在加利利的迦拿,以您的出现,应许婚姻得有荣誉,现在求您也在和平谐和之中维持您的仆人，彼得和薇娜，因为您已经愿意把他们互相结合在一起。让他们的婚姻得有荣誉；让他们的床不受玷污；答应他们的谈话永远璧洁无瑕，应许他们活到高寿，心地纯洁，完成您的吩咐。因为您、我们的上帝是慈悲普度的上帝，我们把光荣归与您不曾降生的在天之父，神圣的精灵，良善，拿生命给人，现在，永远，无边无涯。

大主教的合唱班 （歌唱）阿门！

莎毕宁 （向柯杰里尼柯夫）叫人喊巡警来，告诉他们不要放人进来……

柯杰里尼柯夫 他们会放谁进来？教堂眼下简直挤满了人。放安静……别交头接耳的。

莎毕宁 她……塔杰雅娜在这儿。

柯杰里尼柯夫 你说呓语。她埋在坟地。

管事 上帝，愿您慈悲为怀，救救我们，可怜可怜我们，保护我们长久！

礼拜堂的合唱班 （歌唱）愿主慈悲！

管事 让我们求主，赐我们长日完美，神圣，平静，无罪。

礼拜堂的合唱班 （歌唱）愿主允许！

〔管事继续读着短的祷告，同时发生下面的谈话。[1]

群众 那管事的永远是"愿主慈悲"，"愿主救我们"，就没完没了。

---

1 稿本有祷告文，发表时被剧作者的兄弟删掉。

我站不住了。

又起了杂乱的声音。人真多！

奥兰林娜夫人 彼得，你全身在哆嗦……你出气也显得艰难……你不舒服吗？

莎毕宁 那穿黑衣服的妇人……是她……是我们错。

奥兰林娜夫人 哪个妇人？

莎毕宁 塔杰雅娜在哼唧……我在用力撑持自己，我试着在用力撑持自己……柯杰里尼柯夫拿王冠在压我的头……我没有什么……

柯柯希金先生 薇娜脸才叫白，跟死人一样。看呀，她眼睛里头有眼泪。还有他……看他呀！

柯柯希金夫人 我对她讲过,看热闹的人不会识体面的！我就不明白，她为什么一死儿要在这儿结婚。她为什么不到乡下去？我们应当求求伊万神父快点儿了结。她受惊了。

伏耳金 请你给我来捧。

　　［他接过柯杰里尼柯夫的王冠。管事同时读完他的短暂的祷告。

合唱班 （歌唱）一切归于主！

莎毕宁 薇娜，撑着点儿，学我……这样就好……仪式马上就要完了。我们这就要走……是她……

伏耳金 嘘！

伊万神父 主，应许我们斗起胆，坦白地，擅自把您在天的上帝唤做父亲，并且说……

大主教的合唱班 （歌唱）我们在天之父,天以上帝之名神圣，上帝的王国来……

马特维耶夫 （向他的全体演员）孩子们，朝前移移；我想下跪。（他跪下去，伏在地上）愿您的意欲完成，在上天如在地上。给我们面包，让我们活下去；饶恕我们的债，如我们饶恕我们的债主……

大主教的合唱班 （歌唱）愿您的意欲完成，在上天如在地上……面包，让我们活下去……

马特维耶夫 愿主记住您的死去的侍婢塔杰雅娜，饶恕她有心无心的过失，也饶恕我们，怜恤我们……（他站起）真热！

大主教的合唱班 （歌唱）不让我们……们……们……陷入诱惑，从罪恶……恶……恶把我们救出！

柯杰里尼柯夫 （向皇家检察官）一定有一只苍蝇叮了我们新郎官一口。看呀，他直打哆嗦！

皇家检察官 他怎么的啦？

柯杰里尼柯夫 他以为方才犯神经病的那个穿黑衣服的妇人，就是塔杰雅娜。一种幻觉。

伊万神父 因为王国、能力和光荣属于您，天父、圣子和圣灵，现在，永远，无边无涯！

合唱班 阿门！

皇家检察官 当心他别半路出岔子！

柯杰里尼柯夫 他要挺到底的。他不是那种人！

皇家检察官 是的，够他受的！

伊万神父 一切和平！

合唱班 您的精灵和平。

管事　让我们向主低下我们的头!

合唱班　一切归与主!

群众　他们就要围着圣坛转一匝了。

　　　　嘘!嘘!

　　　　医生的太太有没有验过?

　　　　还没有:他们讲,丈夫弃了她了。不过他们讲,莎毕宁也弃了雷宾娜小姐,是真的吗?

　　　　是——的!

　　　　我记起雷宾娜小姐验尸的事了。

管事　让我们哀求主!

合唱班　愿主慈悲!

伊万神父　(读着)上帝,您以权力创造万物,建立世界,以所创造的万物装潢王冠,愿您也赐福这寻常的杯子,答应把它交给他们结婚的夫妇。因为您的名有福,您的王国有光荣,天父、圣子和圣灵,现在,永远,无边无涯。

　　　〔伊万神父端酒杯给莎毕宁和奥兰林娜夫人饮。

合唱班　阿门!

皇家检察官　当心他晕倒!

柯杰里尼柯夫　他是走兽,结实着哪。他可以熬完的,没有问题!

群众　看呀,孩子们,别散开。我们回头儿一道走。席坡闹夫在这儿吗?

　　　　我在这儿!我们回头围着车,吹五分钟口哨。

伊万神父　把你们的手给我。(他拿手帕捆牢莎毕宁和奥兰林娜夫人的手）紧吗？

皇家检察官 （向那位学生）年轻人，给我王冠，你举着后襟。

大主教的合唱班 欢喜吧以赛亚；圣母怀孕……

　　　〔伊万神父围着圣坛走了一匝，后面随着新婚夫妇和傧相。

大主教的合唱班 ……生下圣子，以马内利，上帝与人同在：东方是他的名……[1]

莎毕宁 （向伏耳金）是不是这就完啦？

伏耳金 还没有。

大主教的合唱班 ……我们颂扬他，也喊着圣母有福。

　　　〔伊万神父围着圣坛走第二匝。

大主教的合唱班 （歌唱）神圣的殉教者们，你们会打胜仗，夺到王冠，愿你们在主前说情，怜恤我们的灵魂……

伊万神父 （转第三匝，歌唱着）我们的灵魂……

莎毕宁 我的上帝，简直就没个完！

大主教的合唱班 （歌唱）光荣归与基督、我们的上帝，使徒们的夸耀，殉教者们的欢乐，他的道是三位一体。

群众之中一位军官 （向柯杰里尼柯夫）警告一下莎毕宁，正科和预科学生等在外头嘘他。

柯杰里尼柯夫 谢谢。（向皇家检察官）真够磨蹭的！就

---

1 见《旧约·以赛亚书》第七章。

甫想他们停住不繁文缛礼。

〔拿手绢拭脸。

皇家检察官 可是你的手直在哆嗦……你们这群人可也真娇气！

柯杰里尼柯夫 我一直在想塔杰雅娜。我有一个感觉，好像莎毕宁在唱歌，她呢，在哭。

伊万神父 （由伏耳金接过新郎的王冠。向莎毕宁）愿新郎宏大如亚伯拉罕，有福如以撒，繁殖如雅各，在和平之中行走你的道路，在正直之中完成上帝的吩咐。

一位年轻演员 什么样美丽的词句送给浑蛋。

马特维耶夫 上帝一视同仁。

伊万神父 （由皇家检察官接过新娘的王冠。向奥兰林娜夫人）愿新娘宏大如撒拉，欢乐如利百加，繁殖如拉结，喜爱自己的丈夫，遵守律令，因为这是上帝的兴会。

群众 （看见有人奔向出口）安静！仪式还没有完。

嘘！别推！

管事 让我们哀求上帝！

合唱班 愿主慈悲！

阿历克塞神父 （摘下他的黑眼镜；读着）上帝，我们的上帝，您曾在加利利的迦拿出现，赐福婚姻，愿也赐福您的仆人，上天拿婚礼把他们连合在一起，赐福他们的进进出出；在好物事里面繁殖他们的生命，把他们的王冠接入您的王国，保持他们没有瑕疵，没有过失，不受污秽，无边无涯。

合唱班 （歌唱）阿门！

奥兰林娜夫人 （向她的兄弟）叫他们给我一把椅子。我要晕。

皇家检察官 薇娜·亚力山大夫娜，就快要完啦！也就是一会儿……亲爱的，撑一下子！

奥兰林娜夫人 （向她的兄弟）彼得不听我说话……他好像吓呆了。噢，亲爱的，亲爱的，亲爱的！……（向莎毕宁）彼得！

伊万神父 一切和平！

合唱班 您的精灵和平！

管事 向主低下你们的头！

伊万神父 （向莎毕宁和奥兰林娜夫人）天父、圣子和圣灵，三位一体，一体神圣，创造生命，一个神，一个君主，赐你们福，答应你们长寿，贤子孝孙，增加生命和信仰，拿地上所有的好物事给你们！也使你们经过上帝的圣母的说情，还有诸圣的说情，有资格享受许下的好物事，阿门！（向奥兰林娜夫人，微笑）吻你丈夫！

伏耳金 （向莎毕宁）你愣着做什么？吻她！

［新婚夫妇互相吻抱。

伊万神父 我向你们道喜！愿上帝……

柯柯希金夫人 （走近新娘）我亲爱的，我的心肝儿……我真喜欢！我向你道喜！

柯杰里尼柯夫 （向莎毕宁）我向你道喜，这个差事……

好啦，哩哩啰啰了这半天总算完啦，你现在脸色也好转过来了……

管事 智慧！

　　［朋友纷纷过来向新婚夫妇道喜。

合唱班 （歌唱）我们颂扬您，上帝的真母亲，怀着道、上帝，璧洁无瑕，基路伯不及您荣耀，撒拉弗无可比拟地不及您光荣！

　　［群众拥出教堂。司杖库兹玛熄掉烛火。

伊万神父 基督、我们的真上帝，在加利利的迦拿出现，使婚姻得有荣誉，愿他经过他无瑕的母亲的说情，神圣、光荣和名声远扬的使徒的说情，上帝加冕和使徒认可的君主康斯坦丁和海莱纳的说情，神圣伟大的殉教者浦罗考皮屋斯的说情和所有圣者的说情，可怜我们，救救我们，因为他慈悲，而且爱人类。

合唱班 （歌唱）阿门。愿主慈悲！愿主慈悲！愿主慈悲！

妇人们 （向奥兰林娜夫人）我亲爱的，恭喜……但愿你活一百岁……

松能希坦 （向奥兰林娜夫人）莎毕宁夫人，假如我可以这样说，用纯粹俄罗斯语言来讲……

大主教的合唱班 （歌唱）长寿！长寿！长寿！

莎毕宁 薇娜，对不住！（他揪着柯杰里尼柯夫的胳膊，把他挽到一旁；颤嗦，结结巴巴）跟我马上到坟地看看！

柯杰里尼柯夫 你疯啦！现在天都黑啦！你到那儿有什么好干的？

莎毕宁 为上帝的爱，去罢！我求你啦……

柯杰里尼柯夫 你现在应当送你的新娘子回家去！你这疯子！

莎毕宁 我才不放在心上，咒它，一千回咒它！我……去……叫他们给死人做一回弥撒！……噢，我是疯啦……我险些儿死了……噢，柯杰里尼柯夫，柯杰里尼柯夫！

柯杰里尼柯夫 走，走……（把他带到新娘前面）

　　〔过了一时，街上传来一阵尖锐的呼哨。人逐渐离开教堂。只有助理和司杖库兹玛留着。

库兹玛 有什么用……无聊。

助理 什么？

库兹玛 这场子结婚。天天我们忙喜事，命名，丧事，其实一点意思也没有。

助理 你倒要想怎么着？

库兹玛 不怎么着。我也就是说说……一切无聊……全无聊。

助理 哼……（穿上他的套鞋）满嘴的大道理，你发昏啦。（走出，他的套鞋发出通通的响声）再见！

　　〔下。

库兹玛 （独自一人）今天下午我们埋了一位先生，方才我们来了一回结婚，明天早上我们要来一回命名。一直下去,就没个完……就是这样子,没有意思……

[传来一声呻吟。

[伊万神父和戴黑眼镜的阿历克塞神父在圣坛后面出现。

伊万神父 我猜,他一定弄到一票大嫁妆……

阿历克塞神父 当然要弄到……

伊万神父 想想看,这就叫人生!从前有一回,我也跟一位姑娘求婚,我也有一回结了婚,弄到一笔嫁妆,可是时间长悠悠的,现在也就全忘了。(高声)库兹玛!你做什么把蜡烛全弄灭啦?我会在黑地里跌跤的。

库兹玛 我以为你已经走啦。

伊万神父 阿历克塞神父,怎么样?去跟我喝一杯茶?

阿历克塞神父 大牧师神父,多谢你了,我没有时间。我还得去写一篇报告。

伊万神父 随你便儿。

穿黑衣服的妇人 (从柱后走出,摇摇欲坠)谁在这儿!领我出去……领我出去。

伊万神父 什么事?那儿是谁?(惊惧)太太,你在这儿做什么?

阿历克塞神父 上帝,饶恕我们这些有罪的人……

穿黑衣服的妇人 领我出去……领……(呻吟)我是军官伊万闹夫的妹妹……他的妹妹……

伊万神父 你在这儿做什么?

穿黑衣服的妇人 我服毒了!由于恨!因为他害了她……为什么他就应当幸福?上帝……(呼喊)救

救我，救救我！（倒在地板上）他们全得服毒……全得服毒！天下就没有公道……

阿历克塞神父 （恐怖）什么样渎神的话！主，什么样渎神的话！

穿黑衣服的妇人 由于恨！……他们全得服毒……（呻吟，在地板上打滚）她在坟里头，他……他……害女人才是污渎上帝……糟蹋一个女人……

阿历克塞神父 什么样污渎宗教的话！（握着手）什么样污渎人生的话！

穿黑衣服的妇人 （撕开她的衣服，嚷着）救救我！救救我！救救我！

——幕落

一位做不了主的悲剧人物

人　物

伊万·伊万诺维奇·陶尔喀乔夫——家长。

阿历克塞·阿历克塞耶维奇·摩辣希金——他的朋友。

景：

圣彼得堡，摩辣希金的楼房。

摩辣希金的书房。舒适的家具。摩辣希金坐在他的书桌前。陶尔喀乔夫进来，手里拿着一个玻璃灯罩，一架自行车玩具，三个帽匣，一个大衣包，一个啤酒箱和若干小捆东西。他蠢蠢地向周围望了望，疲倦地倒在沙发上。

摩辣希金　好呀，伊万·伊万诺维奇？看见你我很高兴！什么风儿把你带到这儿来的？

陶尔喀乔夫　（沉重的呼吸）我亲爱的朋友……我问你要点儿东西……我求你……借我一把手枪，明天还你。行行好！

摩辣希金　你要手枪做什么？

陶尔喀乔夫　我一定要……噢，天哪！……给我点儿水喝……水，快呀！……我一定要……今天晚上我得穿过一个林子，万一有意外……真的，请你借给我。

摩辣希金　噢，你撒谎，伊万·伊万诺维奇！家伙，你有什么事要到一座黑林子去？我猜你心里有事。我一看你的脸，就知道你心里有事。到底怎么啦？你不舒服吗？

陶尔喀乔夫 等一等，让我喘一口气……噢，小母亲们！我累死了。我一身的难受，头也晕晕的，好像我在肉叉子上烤了一趟。我再也挨受不下去了。行行好，别老盘问我；给我一把手枪好了！我求你！

摩辣希金 好啦，伊万·伊万诺维奇，到底怎么？——你是一家之长，一位公家服务的人员！使不得！

陶尔喀乔夫 我算哪一种家长呀！我是一个殉难者，我是一个牲口，一个黑奴，一个奴才，一个流氓，一死儿在人世等着事情发生，就别想做下一世的打算。我是一块破布，一个糊涂虫，一个傻瓜。我干吗活着？有什么用？（跳起）对呀，请问，我干吗活着？心里苦，身子苦，老是这样儿活下去，为的是什么？做一个观念的殉难者，是的，我懂得！可是做一个鬼知道什么东西的殉难者，裙子，灯罩，不！承当不起！不，不，不？我受够了！够了！

摩辣希金 别喊叫，街坊会听见的！

陶尔喀乔夫 让你的街坊听好了，我才不在乎！你要是不给我手枪，有的是人给，反正我会有一个法子了结的！我已经横了心！

摩辣希金 瞧你的，你揪下一个纽子。安静点儿讲话。我还不明白是什么岔儿跟你过不去。

陶尔喀乔夫 什么岔儿？你问我什么岔儿？好吧，我告诉你！好极了，我一五一十告诉你，说完了，我的心或许要轻点儿。我们坐下讲。现在你听着……噢,小母亲们,我简直喘不过气来!……就让我们拿今天做个例子来吧。就说今天好了。你知道,从十点钟到四点钟我得到政治部上差。天热,闷得很,蝇子多,而且,我亲爱的朋友,事情是乱糟糟的。次长请了假,郝辣波夫娶媳妇儿去了,小职员们大多在乡下,不是恋爱,就是玩儿票唱戏,人人发困,疲倦,没有神儿,你就别想他们干点活儿。次长的事交给一位先生代理,左耳朵是聋子,自己也在恋爱,衙门失掉了记性;人人跑来跑去,生气,发脾气,乱哄哄一片,你就别想听得见你自己说话。什么地方都是乱,都是烟。我的活儿可要人命:永远是那样子——先是一下修改,再是一下参考,接着又一遍修改,又一遍参考:就像海里的水浪一样单调。你明白,仅仅是眼睛爬出脑壳罢了。给我点儿水喝……走出头门,你就成了一个晕头晕脑的软家伙。你蛮想吃晚饭,睡觉,可是办不到! ——你记得你在乡下——这就是说,你是一个奴才,一块破布,一段绳子,一块坏肉,你得跑腿,四处张罗事去。不管我们住到什么地方,就有了一种写意的风俗:一个男子一进城,不提自己的太太,个个糟女街坊都有权力和力量给他一大堆事做。太太吩咐你到女裁缝那儿,去骂她把一件衣服靠胸的地方做的太宽,肩膀的地方做的太窄;小宋妮雅要一双新鞋,你的小姨子要一些大红绸子,和样子货一样,二十分钱的价码,要三阿森[1]长。你等一等,我念给你听。(由衣袋取出一张备忘录读)一个灯罩;一磅猪肉;五分钱的丁香和肉桂;密夏用的蓖麻子油;十磅砂糖。你打家里带去:一个铜罐装糖;碳酸;十分钱的杀虫药粉;二十瓶啤酒;醋;尚叟小姐的裹肚,八十二号大小……噢!把密夏的冬大衣和木鞋带回家。这是我太太和家里人的吩咐。另外还有我们亲爱的朋友和街坊的事由儿——死了也不嫌多!明天是伏洛嘉亚·傅拉辛的命名日,我得给他买一辆自行车。文赫令团长的太太快要分娩了,所以我每天得去看收生婆,把她请过来。等等,等等。我衣袋里面有五张备忘录,我的手帕打满了结。就是这样子,我的亲爱的朋友,你把时间用在你的公事房和你的火车之间,在城里跑来跑去,舌头耷拉着,跑着,诅咒着人生。从药房跑到女裁缝那儿,从女裁缝那儿跑到猪肉铺,然后再回到药房。在这个地方你摔了一跤,另一个地方你丢了钱,第三个地方你忘记付账,人家在你后面喊骂,第四个地方你踩了一位贵夫人的后摆……呼!整天这样奔波,一夜你骨头痛,梦见的也就是鳄鱼。好,东西全买下了,可是你怎么好把这些东西捆扎起来呀?举个例,你怎么好把一个重铜罐子和一个灯罩摆在一起,或者把碳酸和茶叶摆在一起?你怎么好把啤酒瓶子和这

---

[1] 一阿森等于二十八英寸。

辆自行车放在一起呀？这简直是赫拉克勒斯的苦活儿，一锅粥，一个猜不破的谜！你想尽了诡计，临了你还是碰碎了东西，弄散了东西；在车站，在火车里，你站着总得胳膊分开，下巴底下顶着东西；拥着一捆一捆东西，什么硬纸盒子哪，一身全是那种乱七八糟的东西。火车开了，旅客把你的大小行李碰了一地，你还得打别人座儿上拾东西。人家叫唤了，把卖票的喊了来，一定要把你轰出去，可是我能够怎么着？我只好傻站着，像挨打的驴子一样直眨眼睛。现在你听我讲。我到了家。我辛苦了一场，你以为我一定欢喜喝几杯好酒，用一顿好饭——不也应当吗？——可是我命里没有注定下这个。我女人出去等我回来，出去有了些时候了。你才刚坐下来喝汤，她就一爪子把你抓起来，你这倒霉蛋儿——你不欢喜去看票友儿演戏，或者跳舞去吗？你就不能够说一个不字。你是丈夫，丈夫这个字，译成乡下过夏的语言，意思就成了一条哑巴牲口，随你往它身上搁多少重东西，你不必害怕动物保护会干涉。于是你去了，蒙眬着眼睛看什么《家丑记》这类东西，太太叫你拍手的时候你就拍手，你越来越觉得难受，难受，难受得要死，最后你简直随时有瘫痪的可能。你要是去跳舞的话，你得给太太找好对手，要是没有对手，你就得奉陪跳完这场对舞。过了半夜，你打戏园子或者跳完舞回来，你已经不成人了，只是一块没有用的松软的破布，总算好，你临了得到你想要的东西,你脱掉衣服,上了床。好极了——你能够闭上眼睛睡了……你明白,一切是非常温柔,暖和,富有诗意,没有小孩子在墙后头乱嚷嚷,太太不在跟前,你的良心是安宁的——你还能够要什么?你睡着了——忽然之间……你听见嗡的一声响……蚊子!(跳起)蚊子!三倍该死的蚊子!(摇拳)这是一种埃及的灾难,[1]一种宗教审判的苦刑!嗡嗡嗡!响得十分可怜,十分悲伤,好像一直就在求你饶恕,可是坏家伙咬你一口,你得抓挠一小时。你吸烟,你跟它们干,你连头带脚蒙住,全没有用,临了你只好牺牲自己,由这些该死的东西吞掉你。你刚和蚊子对付下来,别的灾难又开始了:你太太在楼下和她唱高音的男朋友开始练习那些哀伤的歌了。他们白天睡觉,夜晚玩儿他们的票友乐队。噢,我的上帝!这些唱高音的人才叫折磨人,地上就没有蚊子能够跟他们比。(他唱着)"噢,告诉我不是我的青春害你""在你面前我入了魔"。噢,这些粗东西!他们简直要弄死我!没有办法,我只好叫自己的耳朵聋:我拿手堵着耳朵。这一直闹至四点钟。噢,再给我点儿水喝,兄弟!……我不能够……好啦,一夜没有睡,早晨六点钟你就得起来,奔到车站。你拼着命跑,唯恐误了车,然而一路泥泞,又冷又有雾——噗!你于是到了城里,一切从头再来一遍。就是这个,兄弟。一种可怕的

---

[1] 耶稣小时候,犹太的藩王希律要杀他,父母带他逃到埃及避难。

生活；连我的敌人我都不希望他过这种日子。你明白——我病了！我得了气喘病，胃火症——我总害怕自己有了什么毛病。我得了不消化症，什么吃食我全觉得厚……我变成了一个正常的精神病患者……（四顾）可是，你却对人讲，我想去看一下契乔特或者梅尔谢耶夫斯基。兄弟，我有点儿中邪。在绝望和痛苦的时候，蚊子咬我或者高音先生们歌唱的时候，马上一切变模糊了；你跳起来，像一个疯子围着全所房子跑，喊着："我要血！血！"真的，你这时候真还想拿一把刀子砍谁，或者用一把椅子砸他的头。夏天在别墅过活，就会过成这个样子的——没有人同情我，人人认为是理所当然。大家甚至于笑你。可是你明白，我是一个活人，我想活着！这不是滑稽戏，这是悲戏——我说，你要是不拿你的手枪给我，无论如何你也应当同情我。

摩辣希金 我当真同情你。

陶尔喀乔夫 我看得出你多同情我……再会。我还得去买些鳀鱼和肠子……还有牙粉，然后到车站去。

摩辣希金 你住在什么地方？

陶尔喀乔夫 在喀芮永河那边。

摩辣希金 （欣喜）当真？那么你知道奥妮嘉·巴甫洛夫娜·芬拜尔格吧？她住在那边。

陶尔喀乔夫 我知道她。我们还认识哪。

摩辣希金 那真是再好没有了！这太方便了，只要你肯……

陶尔喀乔夫　什么事？

摩辣希金　我亲爱的人。你不替我做点儿事吗：行行好！答应我吧。

陶尔喀乔夫　什么事？

摩辣希金　那你就太够朋友了！我求你，我亲爱的人。第一，你为我好好向奥妮嘉·巴甫洛夫娜致意。第二，这儿有点儿小东西，我愿意你带给她。她问我要一架缝纫机，可是我没人给她送去……你拿着它，我亲爱的！同时你还可以把这个金丝雀连它的笼儿一块儿带去……可是你得小心，别碰坏了门……你那样死盯着我做什么？

陶尔喀乔夫　一架缝纫机……金丝雀连笼儿……金丝雀，碛鹨……

摩辣希金　伊万·伊万诺维奇，你怎么啦！你怎么连脸也紫啦？

陶尔喀乔夫　（跺脚）拿缝纫机给我！鸟笼子在什么地方？现在你拔了尖儿！吃了我！把我撕得粉碎！弄死我！（握拳）我要血！血！血！

摩辣希金　你疯了！

陶尔喀乔夫　（跺脚）我要血！血！

摩辣希金　（恐怖）他疯了！（呼喊）彼得！玛丽亚！你们在什么地方？救命呀！

陶尔喀乔夫　（围着屋子追他）我要血！血！

——幕落

结 婚

人　物

叶甫多基穆·查哈罗维奇·季嘎洛夫——一位退休的文官。

娜丝泰霞·杰莫费耶夫娜——季嘎洛夫的太太。

达申喀——季嘎洛夫和娜丝泰霞的女儿。

叶巴米龙德·马克塞莫维奇·阿勃洛穆包夫——达申喀的新郎。

费多耳·雅考武莱维奇·赖吾洛夫·喀拉乌洛夫——一位退休的船长。

安德莱·安德莱耶维奇·牛宁——一位保险捐客。

安娜·马尔丁洛夫娜·史麦由金娜——一位产婆，三十岁，穿着一件亮红袍子。

伊万·米哈伊洛维奇·雅契——一位电报生。

哈耳兰波·斯波利道洛维奇·狄穆巴——一位希腊点心商。

德米特里·史杰潘诺维奇·莫兹高伏伊——一位帝国海军水手（义勇舰队）。

男傧相，宾客，侍仆，等等。

景：

安德隆劳夫酒店的一个房间。

一个灯火辉煌的房间。一张大餐桌，穿着礼服的侍仆围着桌子忙乱。景后有乐队在奏四组对舞曲的末节。

安娜·马尔丁洛夫娜·史麦由金娜、雅契和一位男傧相走过舞台。

史麦由金娜　不成,不成,不成!

雅契　(跟着她)可怜可怜我们!可怜可怜!

史麦由金娜　不成,不成,不成!

男傧相　(追着他们)你们不能这样下去!你们到什么地方去?Grand ronde[1]怎么办?Grand ronde,请啦!

〔全下。

〔娜丝泰霞·杰莫费耶夫娜和阿勃洛穆包夫上。

娜丝泰霞　你还是去跳舞吧,比拿话尽跟我捣乱好多了。

阿勃洛穆包夫　我不是一个斯宾诺莎[2],或者那一类人,拿我的腿去凑四个对子。我是一个严肃的人,我有一个性格,我对于空洞的快乐不感兴趣。不过,这也不是一个跳舞问题。你必须原谅我,Maman[3],你的作为有好些地方我不懂。举例来看,除去家庭应用的重要东西,你答应另外给我两张奖券,跟你女儿一道儿过门。它们在哪儿?

娜丝泰霞　我的头有点儿疼……我想是天气的缘故……天只要解冻也就好了。

1　法文,大圆舞。
2　斯宾诺莎(Spinoza,1632—1677):荷兰哲学家。他的推衍方式相当机械,例如推论上帝,他开门见山,提出四个定义,所以剧中人物阿勃洛穆包夫才这样说:"拿我的腿去凑四个对子。"音乐奏的正是四组对舞曲。〔编按:原译"司皮劳萨",现改通译。〕
3　法文,妈妈。

阿勃洛穆包夫　你这样做，脱不了身。我直到今天才发觉那些奖券进了当铺。你必须原谅我 Maman，只有骗子才这样做。我这样做，不是出于唯我主义——我不需要你的奖券——那是原则问题；我不许任何人欺骗我。我一向让你女儿幸福，你今天要是不给我奖券，我可就撒开手不管她了。我是一个体面人！

娜丝泰霞　（看着桌子，数着刀叉）一份，两份，三份，四份，五份。

一个仆人　厨子问您，是喜欢冰搀甘蔗酒，马德拉[1]，还是单上冰？

阿勃洛穆包夫　搀甘蔗酒。告诉管事的，酒不够用。告诉他再多准备些 Haut Sauterne[2]。（向娜丝泰霞）你还答应，也还同意，请一位将军到这儿用饭，他在什么地方？

娜丝泰霞　我的亲爱的，那不是我的错。

阿勃洛穆包夫　那么，谁的错？

娜丝泰霞　那是安德莱·安德莱耶维奇的错……昨天他来看我们，答应带一位真正地道的将军来。（叹息）我想他四处去找偏偏没有找到，要不然他会带来的……你以为我们不介意吗？我们不会在女孩子身上克扣的。一位将军，当然喽……

1　马德拉，见第 21 页注 1。
2　法文，一种上等白葡萄酒，产于法国东南苏特恩。

阿勃洛穆包夫　可是还有……人人明白这件事实，Maman，你也算在里头，那个电报生雅契，在我求婚以前，追求达申喀。你为什么要请他？难道你还不知道，我不喜欢这个？

娜丝泰霞　噢，你这人怎么的啦？叶巴米龙德·马克塞莫维奇前天才成了亲的，你对我跟达申喀还是絮絮叨叨个没完没了。一年下来，你要怎么办呀？你也太难了，真是太难了。

阿勃洛穆包夫　那么，你不喜欢听真话。啊，哈，噢，噢！那么，事情做得体面些。我只求你一件事：要体面！

　　　　〔成双的舞对跳着 grande ronde，从一个门进来，从另一个门出去。第一对是达申喀和一位男傧相。最后一对是雅契和史麦由金娜。他们两个停在后头。季嘎洛夫和狄穆巴进来走向餐桌。

男傧相　（呼喊）Promenade！ Messieurs, promenade！（在后台）Promenade！[1]

　　　　〔舞客全下。

雅契　（向史麦由金娜）可怜可怜！可怜可怜！我膜拜的安娜·马尔丁洛夫娜。

史麦由金娜　噢，什么样一个人！……我已经告诉你了，我今天没有嗓子。

---

[1] 法文，散步！先生们，散步！散步！

雅契 我求你唱唱！只要一个音节！可怜可怜！只要一个音节！

史麦由金娜 我讨厌你……

　　　　［坐下，扇扇子。

雅契 可不，你简直没有心肝！这样残忍——假如我可以这样说的话——偏偏就有这样美的，美的嗓子！这样一个嗓子，假如你原谅我这样说，你不应该做产婆，应该在音乐会，在公共场所唱歌！举个例吧，你唱那段 fioritura[1] 唱得多妙呀……那段……（唱）"我爱你，枉费心力……"好极了！

史麦由金娜 （唱）"我爱你，或许再爱。"对不对？

雅契 就是它！真美！

史麦由金娜 不成，我今天没嗓子……这个，替我扇扇这个扇子……天真热！（向阿勃洛穆包夫）叶巴米龙德·马克塞莫维奇，你为什么这样忧郁？新郎官不作兴这样子的！那副可怜样子，你也不害臊？说呀，你一脑门子什么官司？

阿勃洛穆包夫 结婚是一个严重的步骤！事事必须加以考虑，详细考虑。

史麦由金娜 你们男人全是十足的怀疑派！你们站在四围，我觉得简直透不过气来……给我空气！听见了没有？给我空气！

　　　　［唱了几个音节。

---

[1] 意大利文，是歌者随意加给所唱的乐器的"花腔"。

雅契　美呀！美呀！

史麦由金娜　扇呀，扇呀，要不然，我觉得，我马上就要晕过去的。告诉我，请啦，我为什么这样透不过气来？

雅契　那是因为你出汗……

史麦由金娜　吓！你这人多俗呀！可别敢说那种话！

雅契　对不住！当然啦，假如我可以这样说的话，你过惯了贵族社会，所以……

史麦由金娜　噢，让我一个人在这儿！给我诗，给我喜悦！扇呀，扇呀！

季嘎洛夫　（向狄穆巴）我们再来一杯，怎么样？（斟酒）酒总好喝的。哈耳兰波·斯波利道洛维奇，只要不耽搁正经。喝吧，快活吧……喝别人的酒，不花钱，为什么不喝？你能喝的……你的健康！（他们饮酒）你们希腊有老虎吗？

狄穆巴　有的。

季嘎洛夫　还有狮子？

狄穆巴　也有狮子。俄罗斯样样没，希腊样样有——我父亲，叔叔，兄弟——这儿样样没。

季嘎洛夫　哼……希腊有鲸鱼吗？

狄穆巴　是呀，样样有。

娜丝泰霞　（向她的丈夫）他们那样吃那样喝，倒是为了什么呀？现在是大家坐下来用饭的时候了。别拿你的叉子往龙虾里头扎……那是给将军预备的。他也许要来的……

季嘎洛夫　希腊也有龙虾吗？

狄穆巴　有呀……那儿是样样有。

季嘎洛夫　哼……还有文官。

史麦由金娜　空气在希腊是什么样子，我想象得出来！

季嘎洛夫　那儿一定有许多骗人的事。希腊人简直就跟阿耳麦尼人一样，跟吉卜赛人一样。他们卖你一块海绵，或者一条金鱼，可是同时呀，他们找机会多弄你点儿钱去。我们再来一杯，怎么样？

娜丝泰霞　你想再来一杯干什么？现在是大家坐下来用饭的时候了。十一点都过了。

季嘎洛夫　既然是时候，那么就是时候。太太们，先生们，请！（嚷嚷）用饭！年轻人！

娜丝泰霞　亲爱的客人，请坐！

史麦由金娜　（坐在桌边）给我诗。

"于是他，叛徒，寻找暴风雨，

好像暴风雨能够给他和平。"

给我暴风雨！

雅契　（旁白）了不起的女人！我陷入爱情！一直陷到耳朵！

　　　　〔达申喀，莫兹高伏伊，男傧相，男女宾客，等等，上。大家乱哄哄围桌而坐。静了一分钟，乐队演奏进行曲。

莫兹高伏伊　（起立）太太们，先生们！我必须告诉你们这个……我们要喝许许多多酒道喜，要有许许多多话演说。不必等下去了，这就开始吧。太太们，先生们，庆贺新婚夫妇！

> [乐队演奏一段花腔。喝彩。杯子碰着。阿勃洛穆包夫和达申喀相吻。

雅契　美呀！美呀！我必须说，太太们，先生们，赞美要得当，这间屋子和一般的布置是华贵的。非常好，好得不得了！只是你们知道，我们这儿缺一件东西——电灯，假如我可以说的话！别的国家老早就有了电灯，只有俄国落在后头。

季嘎洛夫　（思考）电灯……哼……就我看来，电灯完全是一种骗术……放进一块烧好的炭，自以为你们看不见！不成，假如你需要灯亮，千万不要用炭，应当用一种真实的，一种特殊的，你抓得住的东西！你必须有一种火，你们明白，是自然的，不是一种发明！

雅契　你假如看见一块电池，明白电池是怎么样做成的，你就两样想法了。

季嘎洛夫　我不想看。那是一种骗术，欺诈公众……他们想抢出我们最后一口气……所以我们知道，这些……而且，年轻人，你与其为骗术辩护，你顶好还是注意一下你有没有再来一杯，给别人斟斟酒——那就好了！

阿勃洛穆包夫　岳父，我完全同意。做这种专门讨论干什么？我本人不反对谈论种种可能的科学发现，然而现在不是时候！（向达申喀）Ma chère[1]，你觉得怎

1　法文，我的亲爱的。

么样?

达申喀 他们想表示他们多有教育,所以他们永远谈着我们听不懂的东西。

娜丝泰霞 谢谢上帝,没有教育,我们也活过来了,我们如今把我们的第三个女儿嫁给一位正人君子。假如你以为我们没有受过教育,那么,你何必到这儿来呢?到你有教育的朋友那儿去!

雅契 娜丝泰霞·杰莫费耶夫娜,我一向尊敬你的家庭,假如我谈到电灯,并不是说我骄傲。我喝酒,表示我的诚恳。我一向真心希望达里雅·叶甫多基穆夫娜有一位好丈夫。娜丝泰霞·杰莫费耶夫娜,眼下不大容易找到一位好丈夫。现在,人人物色一种有利可图,有钱可得的婚姻……

阿勃洛穆包夫 这是一种暗示!

雅契 (勇气消失)我没有暗示什么……在座的人一向不算在内的……我是……就一般而论……听明白!人人知道你是为了爱情而结婚的……嫁妆是不足道的。

娜丝泰霞 不对,不是不足道!你当心你讲点子什么。除掉一千崭新的卢布不算,我们陪过去三件衣服,床和所有的家具。赶着办嫁妆办到这样,你怕找不出第二份来!

雅契 我不是说这个。家具是华贵的,当然啦,还有,还有衣服,不过,他们生气的地方,我从来就没有暗示一句。

娜丝泰霞 你就别再暗示了吧。我们敬重你,看你父母的面子,我们请你来吃喜酒,可是你在这儿闲话三千。假如你知道叶巴米龙德·马克塞莫维奇结婚为了图利,你为什么不在事前讲?(流泪)我带大她,我喂她,我养她……我宝贵她,赛过她是一颗绿玉,我的小女儿……

阿勃洛穆包夫 难道你还真就相信他?多谢之至!我非常感激你!(向雅契)至于你,雅契先生,你虽说和我相熟,我不许你在别人家这样胡闹。请,出去!

雅契 你这是什么意思?

阿勃洛穆包夫 我要你跟我一样干脆!一句话,请走!

〔乐队演奏一段花腔。

来宾 随他去吧!坐下!犯不上!由他去吧!别闹下去啦!

雅契 我一点不……我……我简直闹不清……好吧,我走……不过,你先还我去年你向我借的五个卢布,拿一件 piqué[1] 背心作抵,假如我可以这样说的话。然后,我再喝一杯酒就……走,不过,先还我钱。

若干来宾 坐下!够啦!犯得上吗,为了这点子小事?

一位男傧相 (嚷嚷)新娘的父母健康,叶甫多基穆·查哈罗维奇和娜丝泰霞·杰莫费耶夫娜!

〔乐队演奏一段花腔。喝彩。

季嘎洛夫 (激动地,向各方鞠躬)谢谢!亲爱的来宾!

---

[1] 法文,花点儿。

我十分感激你们不但不嫌弃，没有忘记我们，还把这种光荣给了我们。你们千万不要以为我是一个坏蛋，或者我打算骗谁。我说这话，出于我的衷心——我的灵魂的纯洁！我对于好人没有什么会拒绝的！我们十分谦卑地感谢你们！

〔接吻。

达申喀 （向母亲）妈妈，你为什么哭？我快活极了！

阿勃洛穆包夫 Maman想着要和你分离，所以难过。不过我劝她还是想想我们最后的谈话。

雅契 别哭啦，娜丝泰霞·杰莫费耶夫娜！想想看，人类的眼泪又算什么？也就是无谓的精神病学而已。

季嘎洛夫 希腊有红头发人吗？

狄穆巴 是呀，样样有。

季嘎洛夫 不过，你们没有我们这种香菌。

狄穆巴 是呀，我们有，样样有。

莫兹高伏伊 哈耳兰波·斯波利道洛维奇，轮着你说话了！太太们，先生们，一篇演说！

全体 （向狄穆巴）演说！演说！轮着你！

狄穆巴 为什么？我不明白……怎么搞的？

史麦由金娜 不，不成！你不能够拒绝的！轮着你啦！站起来！

狄穆巴 （起立，慌乱）我不能够说……这儿是俄罗斯，这儿是希腊。这儿是俄罗斯人，这儿是希腊人……这儿有人驾着喀辣夫泅海，喀辣夫就是船，还有人乘着火车在陆地走。我明白。我们是希腊人，你们是俄罗斯人，我什么也不需要……我可以告诉你们……这儿是俄罗斯，这儿是希腊……

〔牛宁上。

牛宁　等等，太太们，先生们，不要吃！等等！只一分钟，娜丝泰霞·杰莫费耶夫娜！假如你不介意，到这儿来！（挽娜丝泰霞到一旁，气喘吁吁）听我讲……将军来了……我总算找到了一位……我简直累坏了……一位真的将军，地道的将军——上了年纪，你知道，也许八十岁了，也许就九十岁了。

娜丝泰霞　他什么时候来？

牛宁　这就来。你会感激我一辈子的。[1]

娜丝泰霞　安德莱好人儿，你没有骗我？

牛宁　可是，说呀，我是一个骗子？你用不着担心思！

娜丝泰霞　（叹息）安德莱好人儿，人可不喜欢白花钱呀！

牛宁　你就别担心思啦！他不是一位将军，他是一个梦！（高声）我对他讲："将军，你简直忘记我们啦！将军忘记了老朋友，可不应该呀！娜丝泰霞·杰莫费耶夫娜……"，我对他讲，"她为了你忘记很不高兴来的！"（走到桌边坐下）他就对我讲："不过，朋友，我不认识新郎官，怎么好去？""噢，将军，这算得了什么，执着礼儿还行，新郎官，"我对他讲，"是一位漂亮先生，很开达，很和气。他在法院，"我就

---

[1] 这儿有几句话形容"将军"的头衔，英译本缺乏适当字句，未译。

说,"当估价员,将军,你不要以为他是一个坏蛋,一个拐骗女人的流氓。现下,"我对他讲,"甚至于规矩女人也在法院做事。"他拍我的肩膀,我们各人吸了一支哈瓦那雪茄,现在他来了……稍稍等一等,太太们,先生们,不要吃……

阿勃洛穆包夫 他什么时候来?

牛宁 马上。我离开他的时候,他已经穿好套鞋了。稍稍等一等,太太们,先生们,先别就吃。

阿勃洛穆包夫 应当告诉乐队奏进行曲才是。

牛宁 (嚷嚷)乐师!进行曲!

〔乐队演奏了一分钟进行曲。

一位侍仆 赖吾洛夫·喀拉乌洛夫先生!

〔季嘎洛夫、娜丝泰霞和牛宁跑过去欢迎赖吾洛夫·喀拉乌洛夫上。

娜丝泰霞 (鞠躬)请进来,将军!您能来,我们高兴极了!

赖吾洛夫 一百二十分!

季嘎洛夫 将军,我们不是名门,我们不是显要,十分平常,不过不要因为这个便以为这儿有什么诈局。我们把好人放在最好的位次,我们什么也不吝惜。请!

赖吾洛夫 一百二十分高兴!

牛宁 将军,让我给您介绍新郎叶巴米龙德·马克塞莫维奇·阿勃洛穆包夫,和他新生的……我是说他新婚的太太!伊万·米哈伊洛维奇·雅契,在电报局做事！一位希腊国民，外国人，点心商，哈耳兰波·斯波利道洛维奇·狄穆奇！奥西浦·鲁基奇·巴拜尔曼代布斯基！等等，等等……其余都无所谓了。将军，请坐！

赖吾洛夫　一百二十分！对不住，太太们，先生们，我只跟安德莱说两句话。(挽牛宁到一旁)我说，老家伙，我有点儿窘……你为什么直喊我将军？我不是一位将军！我连上校都够不上。

牛宁　（耳语）我知道，不过，费多耳·雅考武莱维奇，你就做一回好人，让我们喊你将军。你明白，这家子人讲究来历：敬老，喜欢头衔。

赖吾洛夫　噢，既然这样子，好吧……(走向餐桌)一百二十分！

娜丝泰霞　将军，请坐！将军，请您赏脸用点儿这个！您可得原谅我们不懂礼节；我们老实人家！

赖吾洛夫　(没有听见)什么？哼……是。(稍缓)是……往时，家家人过着简单的生活，挺幸福的。别看我头衔高，我就是一个老老实实过日子的人。安德莱今天来看我，要我来参加婚典。我说："我不认识他们，我怎么好去？这不合礼貌的。"可是他说："他们是有来历的心地简单的好人，欢迎任何人。"好吧，假如是这样的话……为什么不去？我非常喜欢来。对于我，一个人在家里头，也怪闷的，假如我参加婚典能够让人人快活，那我是高兴到这儿来的……

季嘎洛夫　将军，您这话当真，不是吗？我尊敬这个！

150

不骗人，我自己就是一个老实人，我尊敬别人也是这样子。将军，用菜：

阿勃洛穆包夫　将军，您退休久吗？

赖吾洛夫　哎？是呀，是呀……一点不错。是呀……不过，对不住，这怎么的？鱼发酸……面包发酸。我吃不来这个！（阿勃洛穆包夫和达申喀互相亲吻）嗐，嗐，嗐……庆祝你们健康！（稍缓）是呀……往时，事事简单，人人喜欢……我爱简单……我是一个老人。我在一千八百六十五年退休。我现在七十二岁。是呀，当然啦，我年轻时候，事情是两样的，不过——（看见莫兹高伏伊）你在这儿……你是一个水手，不对吗？

莫兹高伏伊　是呀，是一个水手。

赖吾洛夫　啊哈，那么……是呀。干海军是一个苦活儿。好些事你得仔细想，想了不算，还得头疼。譬方说吧，每一个无所谓的字有它特殊的意义！举个例看，"拉中索，扯大帆！"这是什么意思？一个水手就懂！嗐，嗐！——像数学一般正确！

牛宁　庆祝费多耳·雅考武莱维奇·赖吾洛夫·喀拉乌洛夫将军健康！

　　　［乐队演奏一段花腔。喝彩。

雅契　将军，您方才谈起海军事业的艰难困苦。不过，电报就容易吗？现下，将军，一个人不识字，不会写法文、德文，就别想进得了电报局。打电报是世界上顶难的事。一百二十分难！听听看。

[拿他的叉子敲着桌子,仿佛一架发报机。

赖吾洛夫 这有什么意思?

雅契 这就是说:"我尊敬将军的人品。"您以为这容易吗?听听看。

[敲。

赖吾洛夫 再高点儿,我听不见……

雅契 这就是说:"太太,把你搂在怀里,我要多幸福哟!"

赖吾洛夫 你说的是哪位太太呀?是呀……(向莫兹高伏伊)是呀,要是船头那边起风,你就得……让我想想看……你就得拉前桅绳跟中桅绳!命令是"上横绳,拉前桅绳跟中桅绳"……就在同时,帆松开了,你在下前帆跟上前帆绳底下拿牢支桅绳跟甲板绳。

一位男傧相 (起立)太太们,先生们……

赖吾洛夫 (打断)是呀……有许多命令喊。"收上前帆跟高前帆!"好呀,这是什么意思?简单极了!这是说,假如中桅跟高桅帆把绳子带起来,他们就得在拉的时候放平上前帆跟高前帆绳子,同时高桅的甲板绳就一定得照着风向放松……

牛宁 (向赖吾洛夫)费多耳·考雅武莱维奇,季嘎洛夫太太请您谈点儿别的。客人们听不懂,太闷了……

赖吾洛夫 什么?谁闷?(向莫兹高伏伊)年轻人!现在,假定风力在右舷,船挂满了帆,当着风你得让船走。命令是什么?好呀,你先在上头打胡哨儿!嘻,嘻!

牛宁 费多耳·雅考武莱维奇,够啦。吃点儿东西。

赖吾洛夫 人一到甲板,你就下令:"归位!"那个忙劲儿！你发令，同时你还得拿眼睛看着水手，他们跑来跑去，把帆跟甲板绳弄好，就跟电闪一样。最后，你再也忍不住了，你嚷嚷："孩子们好！"

〔他噎了气，咳嗽。

一位男傧相 （慌忙利用这停顿的机会）好比说吧，在这种盛会，在这一天，我们聚在一起，庆贺我们亲爱的……

赖吾洛夫 （打断）是呀，这些你全得记住！譬方说："扯中帆绳，收高帆！"

男傧相 （腻烦）他怎么老打岔？这样下去，我们就别想有一段话说完了！

娜丝泰霞 将军，我们没有知识，像您那些话是一个字也听不懂，不过，假如您对我们讲点儿什么相关的……

赖吾洛夫 （不听）谢谢你，我用过晚饭了。你说这儿有鹅，是吗？谢谢……是呀。我想起往时来了……年轻人，挺快活的！你在海上航船，无忧无虑，还有……（声调激越）你记得转篷有多开心吗？想起那桩活儿，哪一个水手会不兴高采烈？命令一下，胡哨儿一吹，水手就往上爬——就像电光在他们中间一闪。从船长到听差，人人兴奋。

史麦由金娜 真无聊！真无聊！

〔全在唧哝。

赖吾洛夫 （没有听准）谢谢你，我用过晚饭了。（热情地）人人准备好了，个个儿看着长官。他下令了："站开，高桅跟中桅的甲板绳移到右舷，大桅跟平衡的甲板绳移到左舷!"一眨眼就全好了。拉中索跟三角帆索……拉到右舷。(起立)船在风前头,帆最后鼓胀胀的了。长官下令"甲板绳",自己的眼睛看着大帆,最后这挂帆也鼓胀胀的了,船开始旋转,他拼了命喊:"丢下甲板绳!放松大桅绳!"样样东西在飞,一时乱到不能再乱——样样事做好了,不出岔子。船转篷了!

娜丝泰霞 (爆发)将军,您的态度……亏你活了这把年纪,羞也羞死了!

赖吾洛夫 你说香肠?不!我没有用过……谢谢你。

娜丝泰霞 (高声)我说,亏你活了这把年纪,羞也羞死了!将军,你的态度真也太难啦!

牛宁 (窘)太太们,先生们,犯得上吗?真的……

赖吾洛夫 头一桩,我不是一位将军,只是一个二级海军船长,依照品级来算,等于一个准上校。

娜丝泰霞 你既然不是一位将军,那么你干吗拿我们的钱?我们给你钱,没有叫你这样乱搞!

赖吾洛夫 (急)什么钱?

娜丝泰霞 你知道什么钱。你知道你打安德莱·安德莱耶维奇那儿拿了二十五卢布……(向牛宁)安德莱,你倒是看呀!我从来没有给你钱,叫你雇这样一个人!

牛宁 那是……算了吧。犯得着吗?

赖吾洛夫 给钱……雇……这怎么讲?

阿勃洛穆包夫 让我就问你一句话。你有没有打安德莱·安德莱耶维奇那儿收到二十五卢布？

赖吾洛夫 什么二十五卢布？（忽然明白过来）原来是这么一回事呀！我现在可明白了……真下流，真下流！

阿勃洛穆包夫 你拿钱了没有？

赖吾洛夫 我什么钱也没有拿！离我远点儿！（离开餐桌）真下流！真卑鄙！侮辱一位老年人，一个水手，一个忠心耿耿、服役很久的军官！你们要是规矩人的话，我还好点一两个人出来比比，不过，现在，我有什么办法？（心不在焉）门在哪儿？打哪边儿走？听差，给我带路！听差！（走）真下流！真卑鄙！

〔下。

娜丝泰霞 安德莱，那些卢布哪儿去啦？

牛宁 犯得上糟蹋辰光谈这些小事吗？那有什么关系！这儿人人快活，这儿你们……（呼喊）新娘和新郎健康！来一段进行曲！进行曲！（乐队演奏进行曲）新娘和新郎健康！

史麦由金娜 我出不来气！给我空气！你们这些人围着我，我就别想出得来气！

雅契 （欣然色喜）我的美人！我的美人！

〔乱嚣。

一位男傧相 （试着大声压下别人）太太们，先生们！假如我可以说的话，在这种盛会……

——幕落

周年纪念

人　物

安德莱·安德莱耶维奇·石坡钦——某合股银行的董事长，一位中年人，戴着一只单眼镜。

塔杰雅娜·阿莱克塞耶夫娜——石坡钦的夫人，二十五岁。

库兹玛·尼古拉耶维奇·希临——银行的老会计。

娜丝泰霞·费多罗夫娜·麦耳丘特金娜——一位老太太，披着一件旧式大衣。

银行的董事们。

银行的行员们。

  景：
  事情发生在银行。
  董事长的私人办公室。左首有门，通公共房间。两张书桌。家具有意追求奢华的效果，盖着绒的扶手椅、花、雕像、地毯、一架电话。中午。希临一个人，穿着长筒呢靴，隔着门在嚷嚷。

希临　到药房去买一角五分的穿心排草汁，告诉他们送水至董事室！我说了有一百回了！（走向书桌）我是累透，累透了。今天是第四天了，为了赶活儿，我连闭闭眼的机会都没有。从早到晚我在这儿赶活儿！从晚到早我在家里。（咳嗽）我全身都在发炎。我是又烫又冷，我咳嗽，我的腿疼，我的眼睛前面有东西跳舞。(坐下)我们的坏蛋董事长,那浑小子,要在董事会读一篇报告。"我们的银行,今日与未来。"你会以为他是一位甘必大[1]……(工作)二……一……一……六……零……七……另一个,六……零……一……六……他打算拿沙子迷大家的眼睛,我呀就坐在这儿,像流犯一样替他干活儿!他这篇报告呀,谎话连篇,可我这儿还得一天又一天坐了下来加数字,鬼捉了他的魂灵儿去!(摇他的算盘)我简直受不了!(写)那是,一……三……七……二……一……零……他答应为了我的工作奖赏我。假如今天事事顺利,公众可以正正经经骗过,他答应送我一个金坠儿和三百卢布红利……回头看好啦。(工作)是的,不过,万一我的工作没有成效,那么,你还是多加小心吧……我是非常紧张……我要是脾气一发作,我可能犯罪的,所以,多加小心!是的!

〔景后喧嚣的喝彩声。石坡钦的声音:"多谢!多谢!我是一百二十分地感激。"石坡钦上。他穿着一件燕尾服,打着一条白领带;他拿着一本纪念簿,方才送给他的。

石坡钦 (在门边,向外演说)我亲爱的同人,这件礼物我要一直保留到我去世那一天,作为我一生最幸福的时日的纪念!是的,诸君!再一次,我谢谢你们!(往空中抛了一个吻,转向希临)我亲爱的,我

---

1 甘必大(Gambetta,1839—1882):法国政治家。普法之役,法国方面多亏有他撑持。〔编按:原译"刚拜塔",现改通译。〕

尊敬的库兹玛·尼古拉耶维奇!

[每逢石坡钦来到台上,书记便时来时去,拿着文件要他签字。

希临　(起立)安德莱·安德莱耶维奇,恭逢我们的银行五十周年纪念,我荣幸地向你道喜,希望……

石坡钦　(和他热烈地握手)我亲爱的先生,谢谢你!谢谢你!我想,今天是周年纪念,非同寻常,我们可以互相亲吻!……(他们亲吻)我是非常,非常喜欢!谢谢你的勤劳……你的一切!自从我有光荣做本行的董事长以来,在这期间要是有点儿什么贡献,不是由于别人,全仗着我的同人。(叹息)是呀,十五年!十五年,就像我的名字叫石坡钦!(换了声调)我的报告呢?在写吗?

希临　是;只有五页了。

石坡钦　好极了。那么,三点钟可以好了吧?

希临　假如没有事情搅混我,我可以做好的。现在留下的没有什么重要了。

石坡钦　顶好。顶好,就像我的名字叫石坡钦!董事会四点钟开。你忙好了,我亲爱的朋友。给我前一半,我念一遍看……快……(拿起报告)我把最大的希望放在报告上。这是我的 profession de foi,或者,干脆说了吧,我的 firework。[1] 我的 firework,就像我

---

[1] profession de foi,法文,信仰宣言。文豪卢梭曾经为他的想象人物安排过一篇著名的"信仰宣言"。firework,英文,意思是"烟火"。

的名字叫石坡钦！（坐下，读报告给自己）我累到不能再累……昨天晚饭我的寒腿一直跟我闹别扭，一早晨我又跑来跑去，后来又是这些紧张，欢迎，忙乱……我累极了！

希临　一……零……零……三……九……二……零。这些数字搞得我头昏眼花……三……一……六……四……一……五……

　　　［打算盘。

石坡钦　还有一桩不愉快的事……你太太今天早晨来看我，又在埋怨你。说你昨天晚饭拿一把刀子恐吓她，跟她妹妹。库兹玛·尼古拉耶维奇，你那是什么意思？噢，噢！

希临　（粗声粗气）今天是周年纪念，安德莱·安德莱耶维奇，我破例要求一次恩惠。哪怕只为尊重我的辛劳，请你不必过问我的家庭生活。不必！

石坡钦　（叹息）库兹玛·尼古拉耶维奇，你这人性子真叫格别！你是一个受人尊敬的好人，不过你对待好人的行径，活活就像坏蛋。是呀，真的，我不明白你为什么那样恨她们？

希临　我希望我能够明白你为什么那样爱她们！

　　　［稍缓。

石坡钦　行员们方才送了我一本簿子；我听说，董事们回头要对我来一篇演说，送我一只大银杯……（玩弄他的单只眼镜）好极了，就像我的名字叫石坡钦！那不算过分。银行的名誉需要一点辉煌，鬼抓了它去！当然，什么事你都知道……演说词是我自己做的，杯子也是我自己买的……还有，演说词的封面要花四十五卢布，不过，你少不了它。他们自己呀，说什么也想不到这上头。(向四外张望)看看家具，你就看一眼呀！他们讲我吝啬，说我要的也就是门上的锁擦擦亮，行员们应当打一个时髦领结，门口应当站一个胖胖的传达。先生们，不对，不对。亮晶晶的锁，一个胖胖的传达表示许多意义。我在家里高兴怎么样就怎么样，吃呀睡的像一头猪，喝得醉醺醺的……

希临　请你别暗示。

石坡钦　没有人暗示！你这人性子怎么这么格别……我说的是，在家里我可以随便，像一个买卖人，一个parvenu，高兴玩儿什么就玩儿什么，可是这儿呀，样样儿得en grand。这是一家银行！这儿譬方说吧，随便一件小事得imponiren，外表得庄严。[1]（他从地板上拾起一张纸，扔进火炉）我这多年对于银行的操劳就是这个——我抬高它的名誉。色调有广大的重要！广大，就像我的名字叫石坡钦！(望着希临的上空)我亲爱的人，一位股东代表随时会到这儿来，你哪，穿着呢靴子，搭着一条围巾……衣服的颜色也是岂有此理……你应当穿一件燕尾服，或者

---

[1]　parvenu，法文，暴发户。en grand，法文，有谱儿。imponiren，拉丁文，像样儿。

起码也应当穿一件黑上身……

希临　对于我呀,我的健康比你的股东要紧多了。我全身都在发炎。

石坡钦　(兴奋)可是你必须承认你不干净!你毁坏ensemble[1]!

希临　代表来的话,我可以走开躲起来。那不成问题……七……一……七……二……一……五……零。我自己也不喜欢肮脏……七……二……九……(打算盘)我看不惯肮脏!今天周年纪念的宴会,你要是不请女客,你聪明多了……

石坡钦　噢,那没有关系。

希临　我知道你今天晚饭要拿她们塞满了大厅,显摆显摆,可是你当心呀,她们样样儿祸害。她们引起种种不便和紊乱。

石坡钦　正相反,她们提高兴趣。

希临　是的……你太太像是懂事了,可是上一个星期礼拜一,她说出了点儿东西,害得我两天不舒服。她当着一大堆人,忽然问:"德雅斯基·浦里雅斯基银行的股票在交易所跌了价,我丈夫倒在银行买了许多,是真的吗?我丈夫为了这个烦得不得了!"这话当着许多人。我真不懂,你为什么事事告诉她?你要她们给你惹出严重的麻烦吗!

石坡钦　好,够了,够了!周年纪念讲这个太无聊了。

1　法文,整体。

不过，我倒想起来了。(看表)我太太就快要来啦。按说我真应该到车站去接小可怜儿，不过，时间没有……我又累极啦。我必须说，我不喜欢她！这是说，我喜欢，不过她要是跟她母亲再待上两天，我就更喜欢了。她一定要我今天晚饭陪她一整夜，偏偏我们已经计划好了一趟小小的旅行……(打冷战)噢，我的神经已经在兜着我跳了，紧张透了，我想，芝麻大的小事就够打发我流眼泪的！不成，我得抖擞抖擞精神，就像我的名字叫石坡钦！

　　〔塔杰雅娜·阿莱克塞耶夫娜·石坡钦上，穿着一件雨衣，肩头挑着一只小旅行袋。

石坡钦　啊！正对点儿！

塔杰雅娜　心肝儿！

　　〔奔向丈夫；一个悠长的吻。

石坡钦　我们方才正在谈你！

　　〔看着他的表。

塔杰雅娜　(喘气)我不在跟前，你很无聊吗？你好？我还没有回家，我打车站就一直到这儿来了。我有许多、许多话告诉你……我不能够等……我不脱衣服，我只待一分钟。(向希临)早安，库兹玛·尼古拉耶维奇！(向丈夫)家里全好吗？

石坡钦　是的，都好。你知道，你这个星期胖多了，好看多了……好，你这趟去的开心吗？

塔杰雅娜　好极啦！妈妈和开提雅问候你。瓦希里·安德莱奇送你一个吻。(吻他)姑妈送你一坛果子酱，你不写信，她直怪你。兹纳送你一个吻。（亲吻）噢，你再也想不到出了什么事。你怎么也想不到！我连讲给你听我都怕！噢，你怎么也想不到！不过，我一看你的眼睛，我就知道你不高兴我来！

石坡钦　　正相反……心肝……

　　　［吻她。

　　　［希临咳嗽，生着气。

塔杰雅娜　　噢，可怜的开提雅，可怜的开提雅，我真为她难受，为她难受。

石坡钦　　心肝，今天是银行周年纪念，我们随时就有股东代表来，你还没有换衣服。

塔杰雅娜　　噢，是呀，周年纪念！先生们，我给你们道喜。我希望你们……原来今天就是开会，宴会的日子……那好。那篇讲给股东听的漂亮演说，你花了许多时间写出来的，你背得下来吗？今天要念吗？

　　　［希临咳嗽，生着气。

石坡钦　　（窘）我亲爱的，我们不要谈这些事。你真是顶好回家。

塔杰雅娜　　等一分钟，一分钟。我在一分钟里头样样事全讲给你听，我这再走。我从开头讲起。好……你看着我们动身，你记得我坐在那位结结实实的太太旁边，我开始看书。我不喜欢在火车里头聊天儿。我看书看了三站，一句话也没有对人讲……好，黄昏到了，我觉得阴沉极了，你知道，一脑门子的忧愁思想！一个年轻人坐在我的对面——不难看，褐色头发……好，我们就谈起话来了……当时来了一位水手，后来还有学生，什么的……（笑）我告诉他们我还没有嫁人……他们就直对我献殷勤！我们一直聊到半夜，那个褐色头发的人讲了好些最最滑稽的笑话。水手一直唱歌。我的胸口因为笑也疼了起来。这时候那水手呀——噢，那些水手！——等他晓得了我的名字叫塔杰雅娜，你猜他唱着什么？（用一种低音唱着）"奥尼金不要我掩藏，我爱疯了塔杰雅娜！"

　　[狂笑。

　　[希临咳嗽，生着气。

石坡钦　塔尼雅，亲爱的，你在搅乱库兹玛·尼古拉耶维奇。亲爱的，家去吧……过后儿……

塔杰雅娜　不，不，他想听，让他听下去好了，太有趣味了。我只一分钟就完了。塞莱夏到车站来接我。还有什么年轻人什么的，一位税局稽查员，我想是吧……十分漂亮，特别是他的眼睛……塞莱夏介绍我，我们三个人就一同上车走了……天气才叫好！

　　[台后有声音："你不能够，你不能够！你做什么？"麦耳丘特金娜上，乱摇动她的胳膊。

麦耳丘特金娜　你拉我做什么？怎么样！我要见他本人！（向石坡钦）老爷，我有光荣……我是一位文官的太太，娜丝泰霞·费多罗夫娜·麦耳丘特金娜。

石坡钦　你有什么事？

麦耳丘特金娜　好，老爷，你看，我丈夫病了五个月，他在家里，眼看病就要好了，老爷，忽然没有理由就把他解职了，等我去拿他的薪水，你看，他们扣掉二十四卢布三角六分。为什么？我问。他们讲："好，他借了雇员的钱，别人得替他弥补。"那是怎么回事？我没有答应，他怎么会借钱的？老爷，不会的！我是一个穷女人……我就仗着我的房客过活……我是一个孤苦人儿，少人照应……人人欺负我，没有一个人帮我讲一句好话。

石坡钦　对不住。

　　　　［从她那里取了一份请愿书，站着读。

塔杰雅娜　（向希临）是呀，不过第一我们……上星期我忽然收到我母亲一封信。信里讲有一位格兰狄莱夫斯基向我妹妹开提雅求婚。一位温文尔雅的年轻人，不过本人没有财产，也没有可靠的职业。不幸的是，你倒想想看，开提雅完完全全着了他的迷。怎么办好？妈写信叫我立刻去，劝劝开提雅……

希临　（生气）对不住，我一听你的，我找不到我的地方了！你一个劲儿地讲着你的妈妈和开提雅，我听不懂，地方可找不到了。

塔杰雅娜　那有什么关系？反正你是在听一位太太对你讲话！你今天为什么这样爱光火？你在闹恋爱吗？

　　　　［笑。

石坡钦　（向麦耳丘特金娜）对不住，这是什么东西？我简直搞不清楚这是怎么回事……

塔杰雅娜　你在闹恋爱吗？啊哈！你脸红啦！

石坡钦 （向他的太太）塔尼雅，亲爱的，你到外头等一等，我不会久的。

塔杰雅娜 好吧。

　　　　［下。

石坡钦 我简直搞不清这是怎么回事。太太，你显然走错了地方。你的请愿书跟我们完全不相干。你应当去你丈夫做事的那个地方才是。

麦耳丘特金娜 这五个月我去那边去了好些趟了，他们连我的请愿书看也不看。我已经什么也不指望了，不过，谢谢我的姑爷，包里斯·麦特维耶奇，我想到了看你。他讲："你去，母亲，求求石坡钦先生，他是一位有力量的人，什么也成。"老爷，帮帮我罢！

石坡钦 麦耳丘特金娜太太，我们一点儿帮不了你忙。你必须明白，就我所能理解的来讲，你丈夫是在陆军医院做事，这儿是一家私人的商业机关，一家银行。你明白了没有。

麦耳丘特金娜 老爷，我拿得出一张我丈夫生病的医生证明书。这就是，你看一看……

石坡钦 （厌烦）好吧，好吧；我完全相信你，不过那跟我们不相干。（听见塔杰雅娜在台后的笑声，随后一个男人的笑声。石坡钦望望门）她在搅和行员们。（向麦耳丘特金娜）你这人真怪，也真蠢。不用说，你丈夫知道你应当到哪儿求去？

麦耳丘特金娜 老爷，我什么也不叫他知道。他就是嚷嚷："那跟你不相干！少管闲事！"还有……

石坡钦　太太，我再说一遍，你丈夫是在陆军医院做事，这儿是一家银行，一家私人的商业机关……

麦耳丘特金娜　是呀，是呀，是呀……我的亲爱的，我明白。老爷，既然是那样的话，你吩咐他们给我十五卢布！再有什么的，我也不放在心上了。

石坡钦　（叹气）噢！

希临　安德莱·安德莱耶维奇，这样下去，我的报告别想做得完了！

石坡钦　马上就好。（向麦耳丘特金娜）不过，你必须明白，你到这儿来搞这件事，那个可笑呀，就跟你拿一张离婚请愿书到一位化学家那儿，或者走进一所化验金子的公事房一样。（叩门。传来塔杰雅娜的声音："我好进来吗，安德莱？"石坡钦喊着）亲爱的，等一分钟！（向麦耳丘特金娜）你没有拿够钱，那跟我们有什么关系呀？太太，太不凑巧了，今天这儿赶着周年纪念，我们全忙……随时这儿可能有人来……对不住……

麦耳丘特金娜　老爷，可怜可怜我，一个孤儿！我是一个没人照应的孤苦女人……我累得要死……我的房客跟我闹意见，还不是为了我丈夫，整个房子我得操心，我的姑爷又找不着事……

石坡钦　麦耳丘特金娜太太，我……不，对不住，我没有话跟你讲！我的头简直在打漩……你搅和我们，糟蹋我们的时间……（叹气，旁白）什么样的事，就像我的名字叫石坡钦！（向希临）库兹玛·尼古拉耶维奇，可否请你解释给麦耳丘特金娜太太……

〔摇着他的手，走向外厅。

希临 （走近麦耳丘特金娜发怒）你要什么？

麦耳丘特金娜 我是一个没人照应的孤苦女人……看外表我像还好，可是你要是把我分成一小块儿一小块儿呀，你不会找到一点点健康的东西！我的两条腿几乎站也站不起来，我的胃口也坏了。今天我喝咖啡，就一点儿味道没有。

希临 我问你，你要什么？

麦耳丘特金娜 我的亲爱的，告诉他们给我十五卢布，一个月以后再给余下的也就成了。

希临 可是人家没有清清楚楚讲给你听了么，这是银行！

麦耳丘特金娜 是呀，是呀……你要是愿意的话，我有医生证明书给你看。

希临 你肩膀上头有没有长着脑袋壳什么的？

麦耳丘特金娜 我的亲爱的，我要的是法律上我应该有的东西，我不要别人家的东西。

希临 我问你，太太，你肩膀上面有没有长着脑袋壳什么的？家伙，鬼抓了你去，我没有时间跟你烦叨！我忙着哪……（指门）那边，请！

麦耳丘特金娜 （惊）钱在哪儿？

希临 你没有长着脑袋壳。不过……

〔拍桌子，然后指着他的前额。

麦耳丘特金娜 （恼怒）什么好吧，没有关系，没有关系……你可以那样对付你太太，可是我呀，我是一位文官太太……你不能够那样对付我！

希临 （不克自制）出去！

麦耳丘特金娜 偏不，偏不，偏不……偏不出去！

希临 假如你不马上出去，我就喊传达了！出去！

　　〔跺脚。

麦耳丘特金娜 没有关系，没有关系，我不怕！你们这种人我以前看多了！吝啬鬼！

希临 我相信我一辈子也没有见过一个更可怕的女人……噢！我的头都疼了……（出气粗了）我再讲一次给你听……你听见了没有？你假如不出去，老鬼，我要把你磨成粉！我这人天生的性子，我有本事打折你的腿，瘸你一辈子！我不怕犯罪的！

麦耳丘特金娜 我从前听见过狗汪汪。我不怕。你们这种人我以前看多了。

希临 （绝望）我受不了！我病了！我毁定了！（坐在他的书桌前）他们让银行塞满了女人，我的报告就别想完得了！我完不了！

麦耳丘特金娜 我要的不是别人的钱，是法律上我自己的钱。你应当活活羞死才是！坐在政府机关，穿着呢靴子……

　　〔石坡钦和塔杰雅娜上。

塔杰雅娜 （随着她的丈夫）我们在拜莱石尼司基司过的夜。开提雅穿着一件天青绸大衣，敞领儿……头发是做的，她好看极了，她的头发是我做的……她那样子才叫迷人……

石坡钦　（已经听够了）是呀，是呀……迷人……他们随时可能到这儿来……

麦耳丘特金娜　老爷！

石坡钦　（茫然）怎么样？你有什么事？

麦耳丘特金娜　老爷！（指着希临）这位先生……这位先生拿手指敲桌子，随后又敲头……你吩咐他当心我的事，可是他呀侮辱我，说着种种怪话。我是一个没人照应的孤苦女人……

石坡钦　好吧，太太，我留意就是……采取必需的步骤……现在你走吧……以后再谈！（旁白）我的寒腿又犯了！

希临　（向石坡钦低声）安德莱·安德莱耶维奇，喊传达来，把她轰出去！我们还有什么办法？

石坡钦　（畏惧）不，不！她会大吵大闹的，这所房子不光是我们。

麦耳丘特金娜　老爷。

希临　（声音含着泪）可是我得弄完报告！我没有时间！我没有！

麦耳丘特金娜　老爷，什么时候我可以有钱？我现在就要。

石坡钦　（旁白，垂头丧气）真是一个蠢透了，蠢透了的女人！（有礼貌地）太太，我已经告诉你了，这是一家银行，一个私人的商业机关。

麦耳丘特金娜　老爷，开开恩吧……假如医生的证明书还不够，我可以再到警察局弄一张。吩咐他们把钱给我!

石坡钦 （喘吁）噢!

塔杰雅娜 （向麦耳丘特金娜）太太,你没有听见人家讲,你搅乱他们吗?你有什么权力?

麦耳丘特金娜 太太,漂亮的太太,漂亮的太太。没有人帮我忙,我除去吃就是喝,方才我喝咖啡就没有味道。

石坡钦 （厌倦）你要多少?

麦耳丘特金娜 二十四卢布三角六分。

石坡钦 好吧!（从衣袋取出一张二十五卢布纸币给她）这儿是二十五卢布。拿去……给我走!

〔希临咳嗽,生着气。

麦耳丘特金娜 老爷,我打心里感谢你。

〔把钱藏起。

塔杰雅娜 （坐在丈夫一旁）该是我回家的时候了……（看表）不过我还没有讲完……我拿一分钟讲完,讲完了就走……我们玩儿得才叫开心!是呀,真叫开心!我们在拜莱石尼司基过夜……平平常常,挺好玩儿,不过也没有什么特别……开提雅崇拜的格兰狄莱夫斯基,当然喽,也在那儿……好,我跟开提雅谈话,我哭,我要她告诉格兰狄莱夫斯基,拒绝他。好,我以为就这样解决了,样样事称心如意;我让妈放了心,我救下开提雅,自己也放了心……你猜怎么样?开提雅跟我吃饭以前,沿着林道散步,忽然……（紧张）忽然我们就听见一声枪响……

不成，我不能够安安静静地谈这个！（摇她的手绢）不成，我不能够！

石坡钦 （叹气）噢！

塔杰雅娜 （哭）我们跑到凉棚底下，就在这儿……这儿，可怜的格兰狄莱夫斯基躺着……手里拿着一管手枪……

石坡钦 不成，我不能够忍受这个，我不能够！（向麦耳丘特金娜）你还有什么事？

麦耳丘特金娜 老爷，我丈夫能不能够回来做事？

塔杰雅娜 （哭）他照准了心打自己……这儿……可怜人倒下去，失了知觉……他让自己给吓坏了，躺在那儿……要人去请医生。医生不久就来了……救下不幸人的性命……

麦耳丘特金娜 老爷，我丈夫能不能够回去做事？

石坡钦 不成，我不能够忍受这个！（哭）我不能！（向希临绝望地伸出两手）轰她出去！轰她出去，我求求你了！

希临 （走向塔杰雅娜）滚出去！

石坡钦 不是她，是这一个……这个可怕的女人……（指）那一个！

希临 （不明白，向塔杰雅娜）滚出去！（跺脚）出去！

塔杰雅娜 什么？你干什么？你是疯了怎么的？

石坡钦 真可怕！我也真可怜！轰她走！赶她出去！

希临 （向塔杰雅娜）滚出去！我要打瘸你的腿！我要把你捣成肉浆！我要犯法！

塔杰雅娜 （跑开；他追她）你怎么敢！你不要脸！（嘶喊）安德莱！救命！安德莱！

石坡钦 （追他们）停住！我求你们了！别吵闹成不成？可怜可怜我！

希临 （追麦耳丘特金娜）滚出去！捉住她！砸她！一块一块把她剁下来！

石坡钦 （呼喊）停住！我请你们！我求你们！

麦耳丘特金娜 天啊……天啊！……（乱喊乱叫）天啊！……

塔杰雅娜 （嘶叫）救命！救命呀！……噢，噢……我病了，我病了！

〔跳到一张椅子上，然后跌进沙发，晕了过去似的哼唧。

希临 （追麦耳丘特金娜）砸她！打她！一块一块把她剁下来！

麦耳丘特金娜 噢，噢……天啊，我前头是一片黑！啊！

〔失去知觉，倒进石坡钦的胳膊。

〔叩门；一个声音通知室内代表来了："代表……名誉……有事……"

希临 （跺脚）滚出去，鬼抓了我去！（卷起袖筒）把她交给我：我要犯法了……

〔五位代表上；他们穿着燕尾服。一位捧着绒面演说词，另一位捧着大银杯。行员们由外厅在门口向内张望。塔杰雅娜跪在沙发上，麦耳丘特金娜在石坡钦的胳膊内，全在哼唧。

一位代表 （高声诵读）"深为吾人敬爱之安德莱·安德莱耶维奇乎！吾人回瞻过去财务之管理，检视其逐渐发展之情况，印象极为良好。其初也，资本浩大，业务殊少成就，银行亦无一定目标，是以哈姆雷特之问题：'存乎否耶'，诚令吾人感有极端之重要，而动议清理者正亦不乏人在。于此时也，先生出而总绾行务，学识能力，与夫先生之天赋才具，卒抵事业于异常之成就，广大之发展。而银行之名誉……（咳嗽）银行之名誉……"

麦耳丘特金娜 （哼唧）噢！噢！

塔杰雅娜 （哼唧）水！水！

代表 （继续诵读）"名誉（咳嗽）……银行之名誉蒸蒸日上，今已堪与外国最优之商业机构媲美，先生所致也。"

石坡钦 代表……名誉……有事……两位朋友在夜晚散步……在苍白的月光下面谈话……噢，不要对我讲，青春没有用，妒忌搅昏我的头脑。

代表 （继续，慌乱）"更就目前情况加以客观之探讨，深为吾人敬爱之安德莱·安德莱耶维奇乎，吾人……"（放低声音）既然这样，我们回头再来……是的，回头再……

　　[代表于慌乱之中下。

——幕落

契诃夫自传

我,安东·契诃夫,一八六〇年一月十七日生在塔岗洛格(Taganrog)。我先在康斯坦丁皇帝教会的希腊学校读书,后来转到塔岗洛格的初级学校。我在一八七九年考进莫斯科大学的医科。当时我对于一般院系只有一个模糊的观念,我现在不记得我根据什么理由选择医科;不过后来我对于我的选择并不懊悔。正当我的第一学年,我开始在周刊日报上发表文章,写作早在八十年代,努力不息,养成一种永久的职业性质。我在一八八八年得到普希金奖金。一八九〇年,我到萨哈连(Saghalien),为了写一本关于我们那边的罪犯居留地的书。不算法律报告,评论,副刊小文,短论,如今搜集的话,相当困难——二十年的文学工作,我写了也发表了三百以上的对开本,短篇、长篇小说统统包含在内。我为剧院也写了一些戏。

我相信医学的研究对于我的文学工作具有一种重要的影响:医学扩大不少我的观察的界限,充实我的知识,对于我的真正的价值,作为一位作家来看,只有一个人本身又是医生的才能够了解。医学还有一种指导作用，我设法避免许多过失，或许就仰仗我有医学知识。因为对于自然科学和科学方法娴熟的缘故，我总加意小心，如若可能，试着对科学的事实加以考虑；如若不可能，我就索性一字不写了。我愿意顺便指出，艺术创作的条件并不常常就和科学的事实完全一致：例如现实里的服毒自尽，就不可能在舞台上表现出来。不过，甚至于就是在传统习惯之中，也应当感到和科学的事实一致，这就是说，对于读者或者观众，这只是一种传统习惯必须交代清楚，因为他必须明白作者的报告依然正确。我不属于那些对科学采取一种否定态度的小说作家；我也不愿意属于那类靠聪明成家的文人。

一八九九年十月十一日
致罗骚里冒（Rossolimo）医生书

[附 录]

论烟草有害

一出舞台独白独幕剧

(一八八六年版)

童道明 译

人　物

伊万·伊万诺维奇·牛兴——妻子的丈夫
（妻子是一家女子寄宿学校的校长）

景是一个外省俱乐部的讲台。

牛兴神情庄重地上台，一鞠躬，整理一下背心，开始神气地讲演。

牛兴　亲爱的太太们，亲爱的先生们。我的太太建议我到此地作一次慈善性质的讲座。真正的学问是不动声色的，是不喜欢出头露面的，但鉴于这讲座有慈善性质，我妻子也就答应了，于是我来到了诸位面前。我不是教授，也没有得到过任何学位，但这对于你们任何一位都不是秘密，我……我（一时语塞，赶紧看一眼从背心口袋里掏出的纸片）……我已经有三十年的时间不停地工作，不惜牺牲自己的健康和生活的乐趣，我一直在研究具有严格的科学性质的问题，有时甚至还在地方上的刊物上刊登学术论文……就在这几天我给编辑部交了一份长篇论文，标题是：《茶叶和咖啡对于人体的害处》。我为今天这个讲座选择了一个题目，讲吸食烟草给人类带来的害处。当然，很难在一个讲座中穷尽这一课题的全部内容，但我尽可能简单扼要地把它最重要的内涵讲出来……作为一个信口开河讲科普的反对者，我将坚持科学的严肃性，我也恳请你们听众能感受到这个课题的重要性，并以严肃的认真的态度来对待我的这个讲座……哪一位不严肃，哪一位害怕听严肃的科学讲座，他可以不听，可以离开此地……（做了一个很神气的手势，整理了一下背心）那么，我开始讲……

请注意……我们特别要提请在座的医生先生们注意，他们可以从我这个讲座得到很多有益的信息，因为这个烟草，除了它的害处之外，也可以在临床治疗中得到利用。在一千八百七十一年二月十日那一天，烟草作为一种润肠药开给了我妻子。（看纸片）烟草是一种有机物。据我所知，它是从一种叫作 Nicotiana Tabacum 的植物中提取的，属于 Solanales 家族。它们生长在美洲，主要组成成分是可怕的致命的尼古丁毒液。据我所知，它的化学成分是由十个碳原子、十四个氢原子和……两个……氮……原子……（喘着粗气，用手抓住胸口，纸片掉了下来）空气！（用两手两脚来平衡身体，以免倒地）啊嘿！马上！让喘口气……马上……立即……我是用我的意志力坚持住不跌倒……（用拳头捶击胸膛）行了！呜！

[一分钟的停顿。在这一分钟里，牛兴在讲台上踱步，一边喘着气。

我早就……患有窒息性……气喘……我第一次

发病是在一千八百六十九年九月十三日……那天正好我妻子生下了第六个女儿维罗契卡……我妻子一共生了九个女儿……没有一个男孩儿。我妻子为此感到非常高兴，因为在女子寄宿学校里有个男孩儿会有种种不便……在整个女子寄宿学校里，只有一个男人——就是我……但是，信任我妻子，把他们的孩子的命运托付给她的那些尊贵的家长，完全可以对我放心……话又说回来，因为时间有限，我们也就不扯题外话了……那么，我的讲座说到哪个地方了？呜！是窒息性气喘，打断了，我讲座最精彩的地方。但有祸必有福。对于我和对于你们，尤其是对于在座的医生先生们来说，这个窒息性气喘可以成为一个最美妙的教材。在自然界，任何事情的发生都有原因……那我们就来找找我今天窒息性气喘发生的原因……（把手指放在额头做思考状）对了！避免气喘的唯一措施，是不吃油腻的有刺激性的食物，而我来这里作讲座前，我饮食有些过度了。应该向你们说明，在我妻子主持的寄宿学校里今天供应油煎薄饼。我是我妻子的丈夫，似乎不应该由我来夸奖这位高尚的女士，但我可以向你们发誓，没有一个地方能像我妻子主持的这所寄宿学校，把伙食安排得如此细致，如此卫生，如此合理。我本人可以为此作证，因为我有幸在我妻子主持的寄宿学校里出任总务主任，我购置食物，管理工友，每晚向妻子报账，缝制课本，研制杀虫剂，喷洒空气清洁剂，清点床单，洗漱时把好关，不能让一个牙刷有五个以上的学员使用，不能让十个以上的女生共用一条洗脸毛巾。我今天领了一项任务，给厨娘发放面粉和奶油，数量严格按照学员的人数配制。这样，今天做了油煎薄饼。应该向你们说明，这些油煎薄饼是专门为学员们准备的。为我妻子的家属们预备了烤肉，是用小牛的后腿肉烤的，这些牛腿从上星期五就存在地窖里了。我妻子与我都明白，如果今天不把这牛腿烤出来，明天就变质了。但后来，你们听听，后来发生了什么！当油煎薄饼已经做好，也已经清点完毕，我的妻子派人来厨房说，五个学员因为行为不端不给吃油煎薄饼了。这么一来，我们就多出了五张油煎薄饼。那么该怎么处置这多余的油煎薄饼呢？怎么处置？给女儿吃？但我妻子不许女儿吃面食。哎，你们是怎么想的？把它们怎么处理了？（叹气和摇头）噢，慈悲的心肠！噢，善良的天使！我妻子说："马尔吉沙，你自己把这些油煎薄饼吃了吧！"我也就先喝下一杯白酒，之后，将那些油煎薄饼全吃掉了。这就是气喘病发作的原因。这就一清二楚了！但是……（看表）我们聊过头了，有点跑题了。让我们继续往下讲……这就是说，尼古丁的化学成分是……（神经质地摸口袋，用眼睛寻找纸片）我建议你们记住这个公式……化学公式，这是指路明星……（看到了纸片，把手帕掉落在纸片上，把手帕与纸片一同拾起）我忘了告诉你们了，在我妻子主持的寄宿学校里，除了日常行政事务外，我也承担了教学任务，我教的课程有数学、物理、化学、地理、历史和直观教学，除了这些课程外，我妻子主持的这所寄宿学校里，也有法文课、德文课和英文课、神学课、手工课、绘画课、音乐课、舞蹈课和礼仪课。

你们看，课程比普通中学的还要多。还有伙食！还有舒适的环境！更让人惊讶的是：为了获得所有这一切优越的教学条件，只需极低的花费！全寄宿生交三百卢布，半寄宿生交二百卢布，走读生交一百卢布。舞蹈课、音乐课和绘画课的学费，可以与我妻子单议……多么好的寄宿学校！这所学校位于小猫街与五狗巷拐角，在上尉夫人玛玛什契基娜的院子里。我妻子可以在任何时间在家里接待来客，洽谈业务，介绍学校情况的小册子可以在学校的门房那里买到，每册售价五十戈比。（看纸片）就是说，我建议你们记住公式！尼古丁的化学成分由十个碳原子、十四个氢原子、两个氮原子组成。麻烦大家用笔记一下。它是一种无色的液体，有氨的气味。对于我们来说，重要的是，尼古丁（看着烟盒）对于神经中枢和消化道的直接作用。噢，上帝！又撒东西了！（打喷嚏）呶，拿这些讨厌的小姑娘有什么办法？昨天她们在烟盒里撒香粉，而今天又往里边撒了极难闻的东西，（打喷嚏，搔鼻子）要知道这太恶劣了！这种粉末能给我的鼻子造成伤害。呜呜！……这些讨厌的小姑娘！你们，可能，从这些女孩子的行为中看出我妻子主持的这所寄宿学校在纪律约束上的缺陷。不对，亲爱的先生们，寄宿学校在这方面没有过错。不！是社会的过错！是你们的过错！家庭理应与学校携手合作，但我们看到的实际情况又是如何？（打喷嚏）得了，咱们忘了这个吧！（打喷嚏）忘了这个。尼古丁把我们的肠胃引向一种病理状态，也就是破伤风状态！

［顿歇。

但是我在你们很多人的脸上发现了微笑。很显然，不是所有的听众对我们所讨论的这一课题的极端重要性有足够的认识。甚至还有这样的人，当有人在台上宣讲充满科学精神的真理时，他们倒觉得好笑！（叹气）当然，我不想批评你们，但是……我常常对我妻子的女儿们说："孩子们，不要嘲笑那些神圣的事物！"（打喷嚏）我妻子生了九个女儿。大女儿安娜二十七岁，小女儿十七岁。亲爱的先生们！大自然所有的一切美好的、纯洁的、神圣的元素都集中在这九个纯真少女的肌体里。请原谅我的这份激动和我的颤抖的嗓音：在你们面前站着的是一个最幸福的父亲。（叹气）但是，我们今天嫁人难，特别难！从阴沟里掏出大把钞票都比给女儿找个丈夫容易。（摇摇头）啊嘿，年轻人啊年轻人！由于你们的顽固，你们的贪财，你们让自己失去了一个天下最高等的享受，家庭生活的享受！……如果你们能知道,这个生活是多么的美好!我和妻子共同生活了三十三年,我可以说,这是我一生中最美好的岁月,这些美好的岁月就如同一个幸福的瞬间流过去了。(哭泣)我是怎样常常因为自己的弱点而让她伤心的啊!我可怜的妻子!尽管我也顺从地接受她对我的惩罚,但我又能拿什么来报答她的愤怒呢?我妻子的女儿这么久嫁不出去,是因为她们太羞涩,是因为男人们永远见不到她们。我的妻子不肯组织家庭晚会,她也从不请客吃饭,但是……我可以向诸位透露一个秘密……(走近脚灯,轻声地)可以在大的节庆日见到我妻子的女儿,在她们的姑妈娜塔丽·赛明劳芙娜家见到她们。就是那位害羊角风的太太,她还爱收集古钱币。那边还给饭吃,但鉴于时间有限,我们就不再多说题外话。我讲到了破伤风。不过,(看表)下次再讲!(整理背心,神情庄重地离去)

——幕落

《论烟草有害》的两个版本

童道明

契诃夫一八八六年二月刚写完《论烟草有害》,就觉得不太满意,自己坦承:"意图是好的,但完成得不太好。"八年过去之后的一九〇二年,契诃夫终于下决心重写这个剧本。

体裁不变——还是"一个舞台独白独幕剧";

剧名不变——还是《论烟草有害》;

人物不变——还是"妻子的丈夫"牛兴;

剧情不变——还是牛兴依照妻子的指示,上台作题为"论烟草有害"的学术讲座。

但两相对照,我们也不难发现,一九〇二年版对于一八八六年版的改动,如果不说是颠覆性的,也可以说是原则性的,根本性的。

首先,人物的性格色彩变了。在一八八六年的版本中,牛兴是个"尊内"的人,对妻子言听计从,把她奉若神明;在一九〇二年的版本里,牛兴是个"惧内"的人,他表面上对妻子百依百顺,内心里却想摆脱掉她的控制。在两个版本里,牛兴都说:"我和妻子共同生活了三十三年,我可以说,这是我一生中最美好的岁月。"这在一八八六年版的牛兴是实话实说,在一九〇二年版的牛兴,是违心之言,因为他很快在作真情倾诉时,就说他想"远离折磨了我三十三年的妻子"。

再说情节。表面上看,两个牛兴都在作科普讲座。但是,一八八六年版中的牛兴真有一点儿想作讲座的样子,他显然是事先做了准备的,还把一些材料抄在"纸片"上放进口袋里,像应试的学生把"夹带"放进口袋带进考场一样。偷看"纸片"成了剧中的一个笑点。而一九〇二年版的牛兴根本没有做讲座的准备。他是借登台作学术讲座,找到了向人倾诉心中苦恼的机会。他是把听众当成了诉苦的对象,把积压在心里三十三年的痛苦与希望一股脑儿地说出来。

而在倾情地直抒胸臆的过程中,他把矛头指向了包围着他的"生活"——这个生活"把我变成一个可怜的老傻瓜",这个"生活"里,自然也包括他惧怕的妻子。

契诃夫是"自由的歌手"。他在名作《套中人》中指出:"甚至仅仅是对自由的某种暗示,甚至是对自由的微小希望,都能给灵魂插上翅膀。"一九〇二年版的《论烟草有害》里我们就听到了"给灵魂插上翅膀"的自由之歌。剧本结尾处的大段向往自由的独白,既忧伤,也抒情。

如果说一八八六年版的《论烟草有害》是个普通的喜剧小品,那么一九〇二年版的《论烟草有害》就是个更具社会内涵和审美意味的悲喜剧。

Антон Павлович Чехов
Лебединая песня

图书在版编目（CIP）数据

天鹅之歌 /（俄罗斯）安东·巴甫洛维奇·契诃夫著；
李健吾译 . —上海：上海译文出版社，2024.6
（契诃夫戏剧全集：名家导赏版；8）
ISBN 978-7-5327-9585-7

Ⅰ.①天… Ⅱ.①安… ②李… Ⅲ.①独幕剧-剧本
-作品集-俄罗斯-近代 Ⅳ.①I512.34

中国国家版本馆 CIP 数据核字（2024）第 097782 号

天鹅之歌 契诃夫戏剧全集 8 名家导赏版	Антон Павлович Чехов ［俄］安东·巴甫洛维奇·契诃夫　著 李健吾　译	出版统筹　赵武平 策划编辑　陈飞雪 责任编辑　邹　滢 装帧设计　张擎天

上海译文出版社有限公司出版、发行
网址：www.yiwen.com.cn
201101　上海市闵行区号景路 159 弄 B 座
上海市崇明县裕安印刷厂印刷

开本 787×1092　印张 6.5　插页 2　字数 78,000
2024 年 6 月第 1 版　2024 年 6 月第 1 次印刷
印数：0,001—7,000 册

ISBN 978-7-5327-9585-7/I·6008
定价：39.00 元

本书中文简体字专有出版权归本社独家所有，未经本社同意不得转载、摘编或复制
如有质量问题，请与承印厂质量科联系，T：021-59404766